古典今趣

中國人的幽默

阿濃 著

古典今趣——中國人的幽默
作者／阿濃
總編輯／馬鎮梅
責任編輯／黎美霞
美術設計・繪圖／劉碧雲
出版發行／突破出版社
香港沙田亞公角山路33號突破青年村
電話：2632 0000　傳真：2632 0388
電郵：breakthrough@breakthrough.org.hk
網址：http://www.breakthrough.org.hk
http://www.btproduct.com
承印／陽光（彩美）印刷有限公司
2003年7月初版1刷
2022年9月初版10刷

Humourous Stories from Chinese Classics
by A Nong
First Printing, First Edition, July 2003
Tenth Printing, First Edition, September 2022

Printed in Hong Kong
ISBN 978-962-8791-02-6

本書採用環保油墨印刷

人文價值

或坐在巨人的肩膀上，或呷一口書香，讓我們的生活漸次提升，讓眼界更見遼闊。

目錄

是愚是癡？

財色功名

奇人異事

原來如此

不是兒戲

序

古人在歷史舞台上演出場場好戲。戲太好了，不但有人記下這些故事，還把故事化為成語。不少成語在現代生活中也一樣頻密使用。

翻一翻詞典，會發覺這些成語背後的故事記述都很簡單，由數十字至百餘字不等。我尊敬的魯迅先生寫過九則我愛讀的《故事新編》，我佩服的作家汪曾祺也新編過一批故事，我何不也來效顰一番？故事原文的簡約倒是提供了更多想像的空間和發揮的餘地。

寫書時正值非典型肺炎肆虐，大家心情欠佳。於是我集中挑選故事中較有趣和富幽默感的四十則，希望能帶來怡悅甚至歡笑。而故事中蘊藏的智慧亦很豐富，見仁見智，有待讀者自己發掘了。

故事後所附的「解釋和應用」，供青少年讀者作語文學習的參考，博學君子當然可以把它略過。

2003 年 7 月

才子名士

這個孩子不簡單｜**小時了了**

作得好詩，長安易居｜**野火燒不盡，春風吹又生**

揀誰做女婿｜**坦腹東牀**

難忘那樹下的倩影｜**人面桃花**

麗質天生的男子｜**傅粉何郎**

為一個字不安｜**推敲**

上下牀之別｜**元龍高臥**

誰是知音？｜**對牛彈琴**

難免會技癢｜**再作馮婦**

只怕斷送老頭皮｜**捉將官裏去**

才子名士

——小時了了

這個孩子不簡單

這一天，司隸校尉李元禮府上像平常一樣，高朋滿座，都是地方上的名流俊彥。大家正談得高興，門房來報信：「有一位名叫孔文舉的少年，自稱是大人的親戚，門外求見。」

「孔文舉？怎麼沒有聽說過，請他進來相見。」

少年進來時，李元禮向他打量，見是個十歲左右的大孩子，卻一副老氣橫秋的樣子。李元禮心中好笑，也故意當他是大人，與他互相行禮，請他坐下，隨即問道：「聽門房通報，說閣下是我親戚，不知我們究有何親？」

那少年不慌不忙的答道：「在下隨家父來到京師，久仰校尉大人清名，渴欲一見。適才門房詢問晚輩與府君是否親戚，如非親戚則不予通報。竊以為在下的老祖宗孔仲尼跟大人的先祖李老君亦師亦友，可稱通家之好，因此不怕高攀，自稱與府君有親，還請見諒。」

「好說，好說！我們的確是通家之好呢！」李元禮見這孩子小小年紀，伶牙利齒，心中十分喜歡，便對座上諸人說：「這位孔兄弟如此早慧，將來定非池中物啊！」

在座的客人也紛紛附和讚賞，並且殷殷詢問孔文舉的家世，知道他名叫孔融，父親孔宙，是孔子的十九世孫，官拜泰山都尉，也就是說孔融是孔子二十世孫，聖人後裔，難怪如此聰明。

這時有個叫陳韙的太中大夫進來，他是李府熟客，一向恃才高傲，目中無人。聽大家都在誇獎一個小孩，問清楚剛才發生的事之後，心中不以為然，冷冷的說：「小時了了，大未必佳。」

大家正不知怎樣說時，但見孔融向陳韙行了一個禮說：「想君小時，必當了了。」

在眾人哄笑聲中，陳韙面紅耳赤，不知如何回答。

（故事見南朝宋劉義慶《世說新語·言語》）

小時了了

小時候聰明的意思，多與「大未必佳」連用。

例句：你們別誇獎小兒了，正所謂「小時了了，大未必佳」嘛。

——野火燒不盡，春風吹又生

作得好詩，長安易居

老夫顧況，做官不大，做詩不佳，卻因生性詼諧，喜作狂言，對時下官場、文壇種種醜態，敢作批評譏誚，得罪了不少人，卻贏得個名士銜頭。現居於都城長安，各地來往人多，慕名求見者不少，明知老夫得罪人多，稱讚人少，卻一個個自願前來捱罵，亦奇事也。

今日又有一少年來見，聽說也是官宦子弟，剛從江南到此，喜愛詩文，有神童之稱。所謂神童，大抵言過其實，不過他既然來了，見一見也無妨。

瞧這小子，體質羸瘦，兩眼迷朦，定是讀書太多，不懂注意健康的書呆子一類。讓我看看他早先呈上的名刺。唔，原來他叫白居易，讓老夫開他一個玩笑。

「白兄弟，此次來長安何事？」

「晚生隨家父避亂江南，歷時四載，今來長安擬作居停，繼續學業，希望有機會親近前輩大雅，多聆教益。」

「白兄弟呀，你的名字叫居易，你可知道長安百物騰貴，要在此居住，可是大大的不易啊！」

「還請大人多多扶持。」

「聽說白兄弟少有神童之稱，一定聰慧不凡了。」

「晚生在襁褓中已能辨認屏風上『之』『無』二字，神童之稱，實屬謬讚，讓大人見笑了。」

「白兄弟可有作品，供老夫欣賞欣賞？」

他恭恭敬敬呈上一冊，字還寫得秀氣，待老夫看來——唔，這一首題目是《賦得古原草送別》：

離離原上草，一歲一枯榮。

野火燒不盡，春風吹又生。

遠芳侵古道，晴翠接荒城。

又送王孫去，萋萋滿別情。

這小子可真有才情，我倒要另眼相看了！

「白兄弟呀，『野火燒不盡，春風吹又生』好詩！好詩！就憑這兩句，你到哪裏居住都不難！請原諒老夫剛才拿你的名字開玩笑。」

（故事見元辛文房《唐才子傳》）

野火燒不盡，春風吹又生

比喻某些事物（包括好的和不好的）是清除不了的。

例句：警方雖然大力掃賭，但「野火燒不盡，春風吹又生」，地下賭檔收斂短時間後又再紛紛冒頭。

揀誰做女婿——坦腹東牀

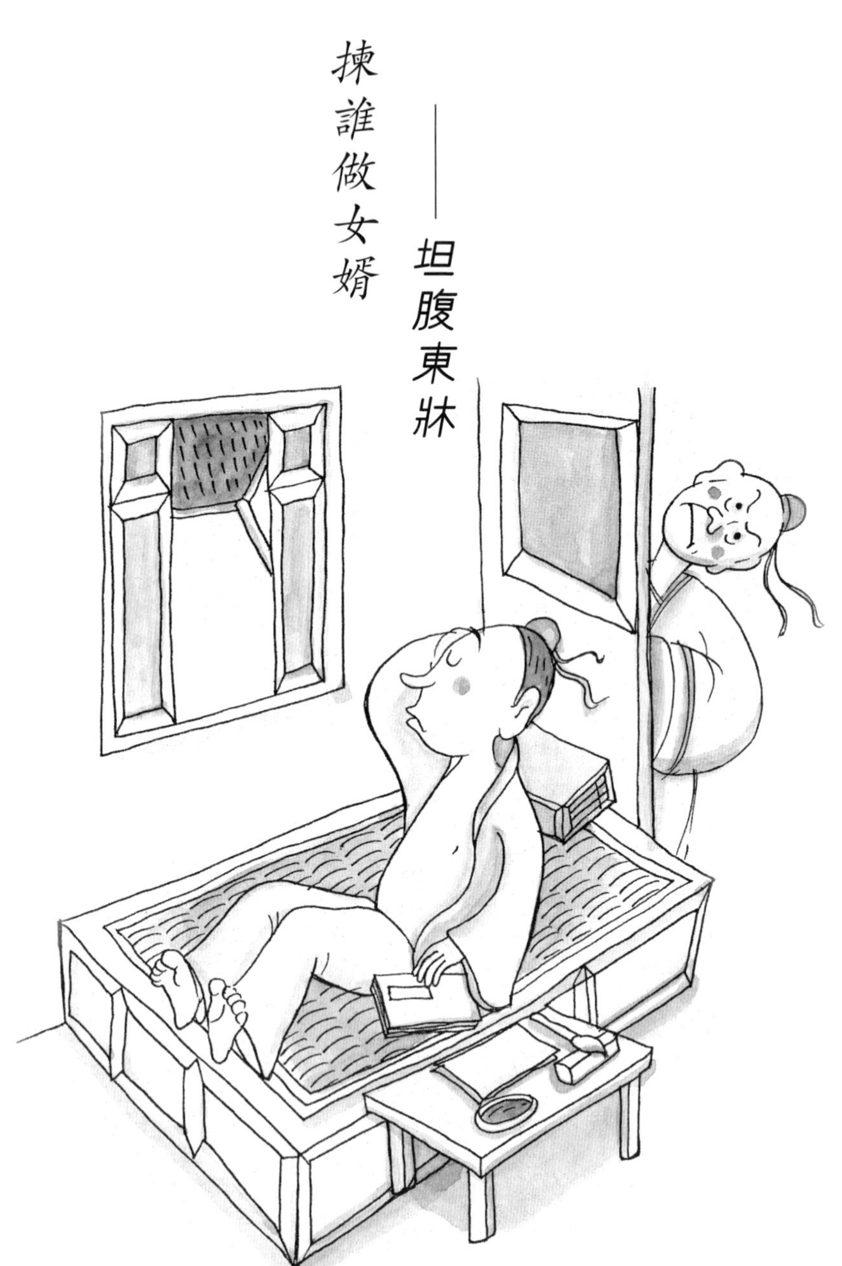

晉朝太傅郗鑒有個女兒叫郗璿，生得姿容秀麗，又知書識禮，很得太傅寵愛，想為她找個好人家。

他知道丞相王導子侄甚多，便想做個門當戶對的親家。

郗鑒養了大班門客，其中一個不但老於世故、能言善道，而且有一對銳利的眼睛，一副很好的記性，能把觀察的細節一一描繪出來，使如見其人，如聞其聲。這說媒的事由他擔任，再好不過。

門客帶了太傅的書信和禮物來到丞相府，表達了主人想結為姻親的誠意。想不到王丞相倒是隨便，看過書信之後，哈哈一笑說：「孩子們都在東廂，你可以自己去揀。」

門客嘴說：「不敢！不敢！」心中卻是暗喜，可以一展所長了。

早有快嘴的家人僕役，飛步往東廂報告：郗太傅派人求親，這邊廂就有人相親來啦！

門客完成任務後，回到太傅府，向郗鑒報告說：

「那班小夥子個個都長得不錯。大概他們已經知道我是相親的，當然要表現得好好的。」

「一個眉清目秀的在那裏寫字，一個豐神俊逸的在那裏畫畫，一個高大壯實的在天井打拳，他們見我來都殷勤有禮地過來招呼……只有一個——」

「只有一個怎樣？」太傅問。

「只有一個衣衫不整，露出肚皮，睡在東邊牀上，好像不知道有人來一樣。」

「好。就這個好！」太傅說。

不久，婚禮舉行了。郗太傅嫁女，新郎叫王羲之，後來成為歷史上享有崇高地位的書法家。他書寫的《蘭亭序》是曠世傑作。

（故事見南朝宋劉義慶《世說新語．雅量》）

坦腹東牀

美稱人家女婿。「東牀」、「東牀快婿」、「令坦」都是從這個故事來的。

例句：多年來他擔心女兒嫁不去，卻終於覓得個坦腹東牀，老懷大慰。

——人面桃花

難忘那樹下的倩影

一個不下雨的清明日，一出都城，到處桃紅柳綠，本來因考進士落第心情欠佳的崔護，見此爛漫春光，漸漸忘掉了不快，一個人愈走離城愈遠。天氣暖和，加上太陽高照，額上背上早已滲出汗來。出門前在家喝過兩杯悶酒，此時更見口渴。見前面一處莊園，花木薈萃，靜悄悄只見一些粉蝶牆裏牆外的飛着。

崔護想討杯水喝，便去敲門，好一會不見應聲，正要離去，門後一把帶稚氣的女聲問道：

「誰呀？」

「小生崔護，尋春獨行，只因口渴，想討杯水喝。」

但見門隙一對水靈靈的大眼睛一閃，門呀的一聲開了。

一個穿粉紅衫子的少女將一對妙目上下打量崔護一番，把他領進屋裏。

屋裏陳設簡潔，比外面蔭涼多了。少女請崔護坐下，不久端了一杯茶來，輕輕放在几上。自個兒轉身走到廳外的天井，那裏有一棵小桃樹正開得燦爛。姑娘斜斜倚在樹柯上也不說話，只用那對含羞帶笑的大眼，瞟着崔護。崔護一面喝茶一面問姑娘的名字，又問她幾歲了，她總不回答。崔護要走了，她送到門口。崔護走了幾步回身看時，才見那門忽地關了。

崔護回家後偶然也會記起那桃樹下的身影，但直到第二年的清明日才按捺不住再見伊人的念頭。他找到了那處莊園，像去年一樣的敲門，卻始終不見有人回應。望着牆裏探頭出來的桃花，他在地上撿了一塊白堊，在門上題詩一首：

去年今日此門中，人面桃花相映紅。

人面不知何處去？桃花依舊笑春風。

過了幾天，崔護放心不下，再去莊園敲門。開門的中年漢子問他可是那門上題詩人？崔護說是，那漢子說：「是你害死我女兒了！」

原來那天他們父女回家，女兒見到門上題詩便情緒激動，不吃不睡，終於傷心死去。那父親帶崔護進房間看他女兒的遺體。崔護見她閉目蹙眉淚痕未乾，不禁放聲大哭道：「崔護來了！崔護來看你了！」他情不自禁地擁抱她，在她眼皮上輕輕一吻，卻見眼皮下眼球輕轉，一對如夢初醒的眼睛漸漸睜了開來。

（故事見唐孟棨《本事詩．情感》）

人面桃花

形容人事變遷，想念的舊日朋友已經不在。

例句：離鄉廿年，返回故里，街巷依稀可辨，訪尋鄰友，卻是人面桃花了。

麗質天生的男子——傅粉何郎

一個炎熱的下午，魏文帝曹丕退朝無事，跟幾個愛好文藝的臣子，在一處蔭涼有風的水榭裏談詩論文。他要大家放棄朝中禮儀，隨意坐立和發言，就像好友間相聚，享受一種閑適自由的樂趣。

談話間說起了何晏，他從小跟着母親被曹操收養，生得聰明有才學，還娶了一位魏國公主，因此常在宮中出入。

何晏愛讀《莊子》，研究玄學，喜歡清談，可惜今天他不在座，否則必增談興。

有人談及何晏長得俊俏，是一位美男子。有人說他喜歡打扮，雖是男士卻隨身帶了化妝品。有人說他喜歡照鏡子，走到水邊總要顧影自憐一番。

最後大家談到何晏的膚色，公認他是所有官員中最白皙的一個。

「我看他一定搽粉，否則不會比女人還要白。」

「我說他的白是天生的，我近距離看過。」

爭論似乎引起了曹丕的興趣，他說：「讓我們來測驗一下。」

不久，何晏應召出現。大家不約而同的盯着他的臉瞧，由於他匆匆趕來，面色白裏泛紅。

曹丕命何晏隨意坐下，說大家邀請他來以助談興。又說大家剛才吃過一種貢麪，配辣醬更是好吃，也請他來嘗嘗。

這時一大碗熱騰騰的麪從御廚送了上來，外加一碟辣醬。

時當暑月，熱麪加辣醬吃得何晏大汗淋漓。身上本來有條汗巾，只是顏色艷麗，他不敢拿出來御前使用，便拿衣袖抹汗，抹了一次又一次，大家只覺得他的皮膚更是好看。

謎底終於揭開：何晏沒有搽粉。

（故事見南朝宋劉義慶《世說新語・容止》）

傳粉何郎

本來說的是何晏臉白如傅粉，後來泛指愛打扮的青年男子。

例句：男用化妝品的暢銷，說明傳粉何郎愈來愈多。

為一個字不安

——推敲

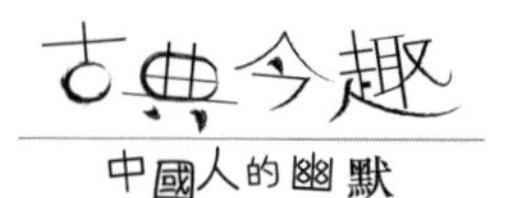

各位，我在這裏介紹一位作詩作到瘋瘋癲癲、迷迷糊糊的詩人，他是唐朝的賈島。

說到作詩的認真，他自己形容說：「二句三年得，一吟雙淚流。」兩句詩寫了三年，完成之後自己吟哦也會流淚，是一種艱辛之後的滿足。

每年除夕的晚上，他會把一年來的作品，高高放在几上，焚香再拜，並且灑酒在地祝禱說：「這是我一年苦心的成果，希望今年又有豐盛的收穫。」

有一天他騎驢走在長安大街上，頭上還張着一把大傘。正是秋天，一陣西風吹過，路旁樹上的黃葉飄灑得滿地都是。一句詩來到他心中：「落葉滿長安。」可是一下子想不到上句，在驢背上一時神思恍惚，任由牠在人羣車陣中亂闖。忽然靈光一閃，他高聲吟道：「秋風吹渭水。」歡喜得手舞足蹈。就在這時候，他的驢子撞進大京兆劉栖楚的儀仗隊裏，結果他被關了一夜，第二天早上才放他走。

這次的教訓，賈島似乎沒有好好汲取。那天他又坐着驢子去探訪友人李凝幽靜的別墅，可惜主人不在家。回去時就眼前景色吟哦起來：

「鳥宿池邊樹，僧推月下門。」

因為他當時窮得出了家，詩中之「僧」正是他自己。不過他又斟酌道：「『僧敲月下門』會不會好一點？」

他想：「推」是知道門沒有上鎖。主人與世無爭，也沒有積聚錢財，無防人之心，任何人可隨時到訪。而我是熟客，知道這情況，所以可以一推而進。但輕輕叩門，在靜寂中響起有客到訪的聲音，帶給寂寞的主人一陣喜悅，卻是另一種意境。

「是『推』好呢，還是『敲』好？」他一面沉吟一面用手做起推和敲的手勢來。這樣的推推敲敲，賈島就闖進了京兆尹韓愈的車騎隊伍裏，立即被人拿下，把他推推搡搡的送到韓愈馬前。

「『敲』字好。」韓愈聽賈島說出經過，思量了好一會兒說。

這韓愈也是一位大詩人，便邀請賈島乘驢同行，準備回到衙門談詩論文。前行不久，韓愈又見賈島在驢背上做起推和敲的手勢來，知道他依然未能決定，不覺微笑。

（故事見元朝辛文房《唐才子傳》）

推敲

仔細斟酌、琢磨。本用於文學，後來亦用於研究複雜的案情。

例句：我寫了一首詩，請他指教；他仔細推敲後改了兩個字。

上下牀之別

——元龍高臥

這天荊州牧劉表，跟劉備、許汜在偏廳閑談，評論天下人物，說到廣陵太守陳登，劉表、劉備都認為他懂謀略，善用兵，年輕有為，是個人才。許汜卻說拜訪過他，覺得他江湖豪俠之氣太重，有點粗野不文。劉備見許汜說時，語帶譴責，便問是不是發生了什麼事，使他有這樣的看法。

許汜講出他拜訪陳登一次不愉快的經歷：

「我因為避戰亂，到下邳去探訪他。那時我身無長物，飽經飢寒，只求有個棲身之所，找碗飯吃。他卻誇誇其談，縱論軍國大事。我唯唯否否，暗示我需要的不過是一所普通房子，幾畝薄田，讓我自耕自足。

他對此沒有回應，興致愈來愈冷，不停的打呵欠，隨即爬上高高的大牀，說要睡覺，失陪了。我正想問他：我到哪裏去睡？他卻指着室內一張矮牀說：你睡那裏。

很快我就聽到他如雷的鼾聲，我睡在那張矮牀上怎麼睡得着？心中不忿，我許汜也曾經有國士之名，如今雖然落魄，怎可以如此待我！我說他豪俠之氣太重，不拘小節，是一種忠厚的說法了。」

劉備聽了哈哈笑道：

「陳蕃做豫章守時，等閑不招呼客人。只有隱士徐穉來時，他會把吊在牆上的一張牀放下來，招呼徐穉歇息，二人聯牀夜話。到徐穉走了，他又把牀吊回原處。只因陳蕃敬重和喜歡徐穉，才如此熱誠相待。許先生你有國士之名，當此亂世，陳登以為你會憂國忘家，提出一些救國良策，誰知你卻求田問舍，只為個人打算，怎不叫他失望！既然他心中看不起你，叫你睡在下牀，已經是客氣的了。」

（故事見晉陳壽《三國志・魏・陳登傳》）

按：「元龍高臥」、「上下牀之別」、「求田問舍」這幾句成語都出自這個故事。

元龍高臥

元龍是陳登的字。現在形容應該起牀的時候仍在睡覺。

例句：旅行集合的時間到了，不見他來，原來仍在家中元龍高臥。

誰是知音？

——對牛彈琴

公明儀先生今天頗有寂寞之感。他在一個聚會中演奏了幾首新作的琴曲，那深邃的、從心靈深處鳴響的清音，使他自己陶醉其中。

使他失望的是在他演奏期間，聽的人愈來愈少。到他演奏完畢，只見有的人在打呵欠，有的人甚至睡着了。

回到家裏，他聽到樹梢風聲悅耳，屋旁小溪淙淙，心中充滿靈感，又寫了一首《清角之操》的琴曲。

一時找不到知音者欣賞，他便對老妻說：

「夫人，我剛作了一首新曲，可否借尊耳一用，聆聽聆聽？」

夫人說：「我又要餵豬，又要下廚，哪有時間聽你叮叮咚咚？」

公明儀沒法，便喊自己的兒子說：

「大郎，你來聽聽為父新作的曲子。」

兒子說：

「你的曲子悶死人，街上流行的那些曲子才好聽呢！我現在約了朋友上街去。」

「看你，低級趣味，一點文化也沒有！」老人家甚感沒趣。

這時他看到窗外一頭老牛正在吃草，便說：

「牛兄弟，這世上知音難求，讓我彈一首曲給你聽聽。」

於是他輕奏一曲，自覺十分滿意。看看那牛，自顧自的吃草，真的是充耳不聞。

「豈有此理！」公明儀有點掃興，不過他轉念一想說：「哼，我知道你們喜歡聽什麼！」

於是他隨手彈出吸血蚊蝨和牛虻的嗡嗡，又彈出小牛發出的哞哞，但見那老牛豎起耳朵，搖着尾巴，連草也不吃，走近窗前留心地傾聽了。

（故事見漢牟融《理惑論》載《弘明集》卷一）

對牛彈琴

比喻對不懂事理的人講道理，徒勞無功。也諷刺對方的愚蠢。

例句：我是電腦盲，你跟我談上網，是對牛彈琴。

——再作馮婦

難免會技癢

「馮婦老兄，您不做獵戶多久了？」

「算一算，不覺已經快三年了。」

「獵戶生涯中，一共打過幾隻老虎？」

「至少有七、八隻，有幾隻是大家合力捕捉的。」

「您可是名副其實的打虎英雄啊！方圓五百里，誰沒有聽過您的大名！」

「老啦，不中用啦！」

「我看您還是身手挺矯健的嘛，剛才您一跳上車是多麼的乾淨利落！」

「雖然我不打獵了，但每天都會打拳。看，我的胳臂還是那麼粗壯，腹部還是那麼平坦。」

「除了打拳，還有什麼消遣？」

「做點義工，為社會盡點力。」

「義工？」

「是呀，我教鄉里一班小夥子學習武藝。目的是教他們鍛煉身體，而不是好勇鬥狠。」

「難怪大家都稱您為善士，你真是造福桑梓啊！」

「這是人家誇獎，我哪裏敢當！如今我決意享受人生，再不幹那與虎狼搏鬥的危險玩意兒了。所以趁這春光明媚，跟老兄到這郊野欣賞一番。」

「前面似有喧嘩呼喊之聲，您老可曾聽見？」

「似乎還雜有一聲虎嘯。」

「看到了，看到了，這班人挽弓搭箭，像是獵戶打扮。」

「那叢林裏像有老虎的身影。」

「他們後退了，一定是那老虎發惡了！我們要不要離開？——咦，馮先生，你捲起衣袖想做什麼？」

「他們這麼害怕，還是讓老夫出手！」

「您——」

（故事見戰國孟子《孟子．盡心》）

再作馮婦

比喻重操舊業。

例句：他從政界退休後，再作馮婦，又做起他的老本行教書先生來。

只怕斷送老頭皮

——捉將官裏去

宋朝真宗皇帝求才若渴，訪尋天下隱者。於是各地官員奉承唯恐不及，上山下鄉，威迫利誘，把一些奇人異士或稍具聲名的學者通人送上京去。

這天真宗皇帝上朝一一接見各地舉薦的隱者，詢問他們的長處和有助朝廷勵精圖治的意見，讓他失望的是這班人不是井底之蛙，便是瘋瘋癲癲、裝神弄鬼，胡言亂語的多，有真知灼見的少。

這時輪到一個叫楊朴的老頭子，來自河南杞縣，鬢髮皆白，皺紋滿臉，又乾又瘦，像隻猴子。

「草民楊朴拜見皇上。」

「楊先生站立回話。」

「謝皇上。」

「楊先生由地方官舉薦見朕，想必定有過人之處，可否一一道來。」

「草民並無過人之處，數十年來靠教幾個蒙童餬口，老妻於門前種點瓜菜，養些雞鴨，托聖上洪福，生活倒也優游自在。閑來吟幾句歪詩，喝兩杯濁酒，自覺是神仙中人。這次朝廷徵召天下賢才，楊朴自知淺陋，豈敢應命，卻蒙地方官錯愛，硬把草民送上京來。聖上英明，楊朴不敢做南郭先生，還請遣送回鄉，陪伴老妻，感恩不淺。」

「楊朴你應對得體，兩次提及老妻，夫妻定必恩愛，如先生肯為朝廷效勞，尊夫人亦可上京陪伴也。」

「千萬不可，拙荊自小生長鄉野，不慣城市生活，草民這次上京，她已憂心忡忡，臨行賦詩一首贈我：

更休落魄貪杯酒，亦莫猖狂愛吟詩；

今日捉將官裏去，這回斷送老頭皮！

如果叫她同來，定必寢食不安、度日如年，有負聖上眷顧，罪該萬死。」

「哈哈！今日捉將官裏去，這回斷送老頭皮！有趣！有趣！朕就送你回鄉，飲酒作詩、陪伴老妻去吧！」

（故事見宋趙令時《侯鯖錄》）

捉將官裏去

指被官府拘捕。

例句：他罔顧法紀，魚肉鄉民，這回捉將官裏去，也是應有此報。

是愚是癡？

是愚是癡？

想做隱形人｜**一葉障目**

拿起筆便「遊花園」｜**博士買驢**

憂鬱症的祖師爺｜**杞人憂天**

物有相似｜**按圖索驥**

盲目崇外的尷尬｜**邯鄲學步**

信不信由你｜**此地無銀**

盲目跟風，有樣學樣｜**東施效顰**

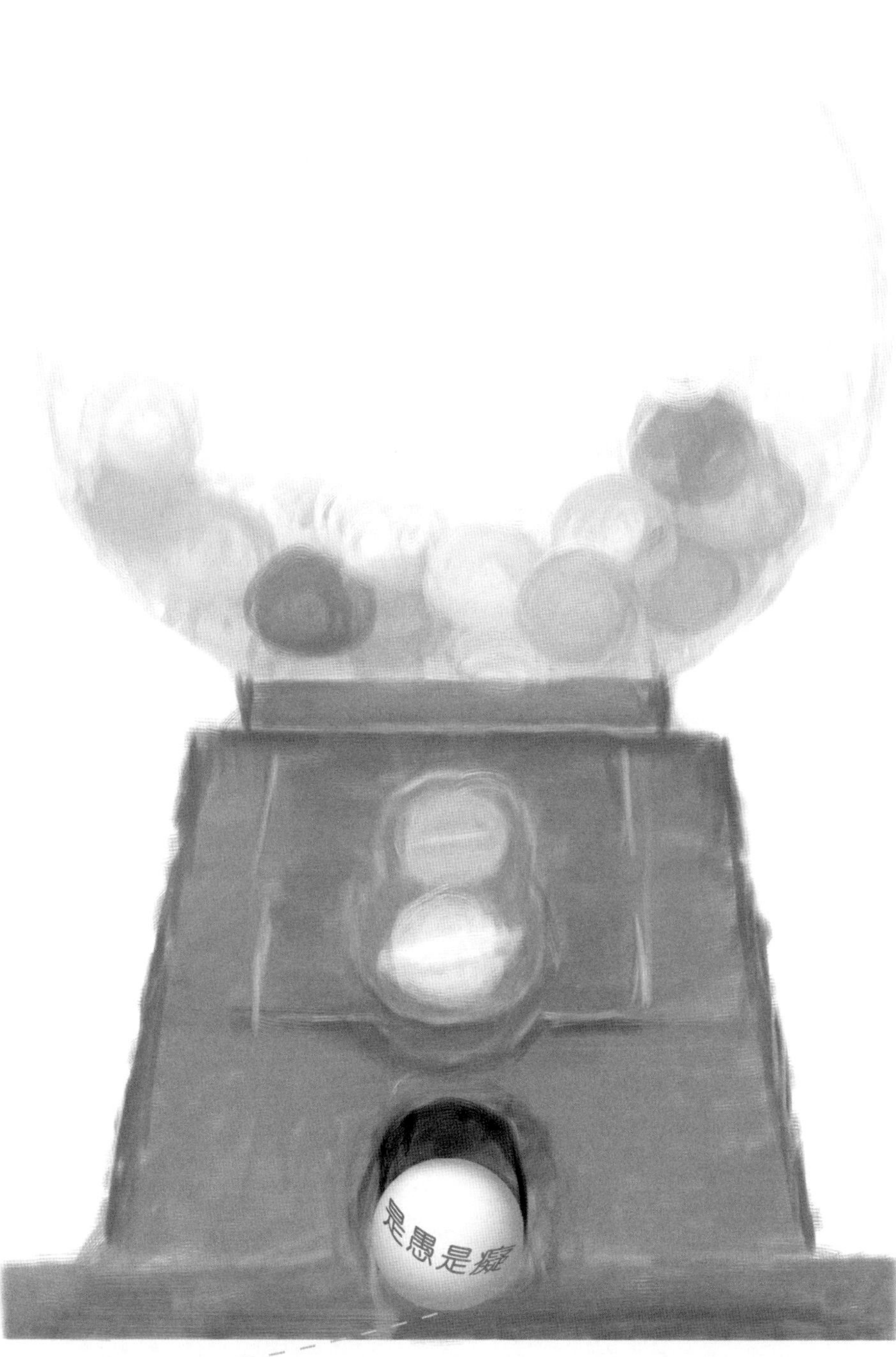
是愚是癡

想做隱形人

——一葉障目

老婆一早便起來勞作，手不停，嘴也不停。

手不停是燒水、掃地、放雞、餵豬、弄早點。

嘴不停是埋怨她丈夫老劉什麼也不做，睡到日上三竿才起牀，起牀之後不是翻些舊書，便是畫符唸咒。

「神經病！」老婆見他那副德性便忍不住罵。

「你懂什麼？我遲早發大財！」老劉繼續唸唸有詞。

今天他從《淮南子》上看到短短的一段文字，心裏不禁卜卜的猛跳起來。《淮南子》是淮南王劉安的著作，就是「一人得道，雞犬升天」的那位。他的著作都跟道術有關，這短短的一則寫道：

「得螳螂捕蟬自障葉，可以隱形。」

「原來螳螂捕蟬靠的是可以隱形的樹葉！這真是一個大發現。我這位劉氏祖宗真有智慧，我這次可說是得到一個祖傳秘方了。」

正是初秋天氣，園中樹木開始落葉，幾隻蟬兒不像盛夏時叫得起勁，只是斷斷續續的嘶鳴幾聲。

老劉一棵樹一棵樹的細細尋找，眼也花了，卻找不到一隻螳螂。後來他啞然失笑道：「牠們都隱了形，我怎能找到呢？要等牠們獵物得手之後現形，我才可以看見。」就在這時，一片樹葉一動，樹葉後面的一隻螳螂正把一隻蟬擒拿在那有鋸齒的前臂之中。老劉大喜，伸出手指要摘那片葉子，一陣秋風吹過，好幾片葉子飄落在地上；地上早有更多的葉子。老劉發覺剛才那片樹葉已不在枝頭，掉進落葉堆中去了。

老劉沒法，把樹下那堆落葉，盡數掃起，用大籮盛着，搬回家中。

「老婆，你看到我嗎？」老劉拿起一片樹葉問。

「老婆，你看到我嗎？」老劉再拿起一片樹葉問。

如是者十數次之後——

「看——不——見——！」他太太沒好氣的說，然後輕輕說了聲：「神經病！」

這天鬧市發生一宗「劫案」，一名姓劉的男子走進一家金鋪，見金便拿。當時他左手拿着一片樹葉，被捕後還說：「你們看不見我！」

（故事見宋李昉等編撰《太平御覽》）

一葉障目

先秦著作《鶡冠子》中有「一葉蔽目，不見泰山；兩耳塞豆，不聞雷霆」的句子。比喻一個人為眼前細小事物所遮蔽，看不到全局或整體。

例句：許多人在泡沫經濟中一葉障目，看不到潛伏的危機，結果蒙受慘重的損失。

拿起筆便「遊花園」

——博士買驢

「博士先生，我這驢可是好驢哦，拉車推磨，什麼都幹，吃苦耐勞，從來不發脾氣，用來代步，又穩又妥。」

「老張，你要的價錢也不便宜哦！」

「博士先生，你還真會講價。上個月有人出價比你高，我不賣，因為我實在捨不得牠，為我們家服務五年啦，這次不是因為我老婆病了，要花錢醫她，我才不賣呢！」

「這次不是因為我要去省城辦點事，要一隻好腳力的驢子代步，我才不買呢！」

「那您老人家是選對了，別的驢子去省城要走四天，牠只要三天便到。」

「今天我們貨銀兩訖，總要寫個字據。」

「當然，當然，不過我識字有限，這字據還得麻煩博士您寫了。」

「我寫、我寫，這還不容易！你幫我磨墨，我這裏有紙有筆。」

「那你老人家快寫吧，我還得趕回家餵豬呢。」

「唔，老張你是何方人氏？原籍哪裏？」

「這也有關麼？我三代都是本地人士。」

「好，你祖父、父親做的什麼營生？」

「我賣驢為什麼要查我三代？」

「唉，你不知道寫文章講究起、承、轉、合，起筆嘛總要有個來龍去脈，你是驢子的主人，我自然要把你交代得清清楚楚。」

「我家三代務農，只不過家道一代不如一代，我祖父還有一百畝地，到我這一代只剩下十畝地了，唉，日子愈來愈難！」

「對了，對了！你給我的資料愈多，我可以用的材料也愈多。」

「哎呀，博士先生，你已經寫了三張紙啦，寫好了沒有？」

「我才剛起了個頭呢！不是誇口，方圓一百里內，沒有誰像我這麼好文才的，你試看看我寫這契約的緣起部分是多麼精彩！」

「博士呀，您這三張紙為什麼連個『驢』字也沒有呀？」

「早着呢！」

（故事見南北朝北齊顏之推《顏氏家訓·勉學》）

博士買驢

表示文詞繁冗，不得要領。

例句：他這篇文章又長又累贅，說來說去不到題，就像博士買驢，書券三紙，未有驢字。

——杞人憂天
憂鬱症的祖師爺

「啊，我總算睡醒啦，昨晚擔心自己一眠不起，強撐着不睡，終於忍不住還是睡着了，既然醒來，我又賺了一天。唉，人生苦短，要擔憂的事卻是這麼多！」

這位杞國的憂鬱症祖師爺在唉聲歎氣中梳洗一番之後，出外散散心。

大街上他看到一個老伯擺賣簡陋的陶器，他問：

「生意好嗎？」

「暫時還沒發市，我一家人今天的伙食靠它了。」

「唉，我真為你擔憂啊！」

他又經過一個園子，看見一棵大樹傾側得很厲害，擔憂的說：「這大樹隨時會倒下來，不巧有人經過，就會被它壓死，可慮呀，可慮！」

這兩件事都使他心裏不安，繞了一個圈便循來時的路走回家去。

經過那家園子時，他看見有幾個人正準備把那棵傾側的大樹砍伐，斧子和繩子都齊備了，正提醒經過的行人小心。

「我剛才還擔心這棵樹倒下來會壓傷人呢！」他對園主說。

「把它除掉便無須擔憂了。」屋主一邊磨着斧子一邊說。

經過那賣陶器的老頭子的地攤時，看見老人家正在收拾東西，嘴裏還哼着歌兒。

「生意做成啦？」

「做成了！今天兩頓飯有着落了。」

「那麼明天呢？」

「明天的事明天再說，至少我今天可以歡歡喜喜的回家了。」

「老人家，難道你沒有別的事擔憂嗎？譬如說，你不怕這個天會崩，這塊地會裂，我們無處容身嗎？」

「小兄弟呀，這誰也不知道會不會發生，何時會發生；發生了也是無可奈何的事，白白擔憂有什麼好處？俗語說得好：天掉下來當被子蓋！讓我們快快樂樂地做人吧。」

（故事參考戰國列禦寇《列子・天瑞》）

杞人憂天

比喻不必要的憂慮。

例句：他擔心香港有一天會陸沉，真是杞人憂天。

物有相似

——按圖索驥

「爹，我要跟你學相馬。」伯樂的兒子拉着父親的衣袖說。

「告訴爹，你為什麼要學？」伯樂摸摸這個帶點傻氣的兒子的頭說。

「因為人家說爹是全國第一的相馬師，我不跟你學是大傻瓜。」

「你跟我學才是大傻瓜，因為相馬是很辛苦的，有時看了成千匹的馬，也找不到一匹良駒。」

「我不怕辛苦，你不是說過學習不能怕辛苦嗎？」

「除了不怕辛苦，還得有天分。」

「爹，我有沒有天分？」

「暫時還沒有發覺你有這方面的天分，說不定你的天分在其他方面。」

「爹，不試怎知道？你何不讓我試試？」

「好，這是我剛寫好的《相馬經》，有文有圖，你拿去好好研究一下。」

幾天後，伯樂的兒子興沖沖地拿着那本《相馬經》來對父親說：

「爹，你的《相馬經》上說，千里馬的樣子是前額隆起，雙眼突出，四蹄像疊起的酒藥餅，對不對？」

「是呀，你有什麼發現？」

「我終於找到一匹，前額高高隆起，雙眼十分突出，只差四隻腳不像疊起的酒藥餅。」

「是嗎？你帶阿爹去瞧瞧。」

「我把牠帶來了，瞧！」

伯樂的兒子揭開他手上的鉢蓋子，伯樂一看，裏面一隻大蟾蜍（蛙）正鼓着眼睛往外瞧。

伯樂不由得大笑，一面笑一面說：「這匹『馬』可不容易騎，牠跳得很厲害。」

「爹，你說我有沒有天分？」

「有，你的天分是引爹發笑！」

伯樂把兒子擁進懷裏。那肥蛙覷個空從鉢裏躍出，三兩下就跳出房子外了。

（故事見明楊慎《藝林伐山》）

按圖索驥

按照圖像找良馬，比喻拘泥成法辦事，不能靈活變通。

例句：他們只知按圖索驥找尋失車，不知賊人早已把它化整為零，拆散之後運到國外去了。

邯鄲學步

——盲目崇外的尷尬

這個燕國小子是個超級趙國迷，因為趙強燕弱，連帶趙國的文化、趙國的出產也成了燕國青少年的時尚。

他們愛吃趙國進口的食品，愛穿趙國流行的服飾，愛聽趙國口音的歌曲，甚至講話也故意帶點趙國腔。

這個燕國小子惟趙是尚的舉動，早已引起父母的不滿，罵他穿得不倫不類，唱得陰陽怪氣，說話怪腔怪調，數典忘祖，不知所謂。可是燕國小子對父母的責怪嗤之以鼻，說他們頭腦古板，食古不化。他說：「難為他們住在燕國的都城，見識卻像鄉下人一樣。人家大國就是大國，不但民康物阜，國民看來也氣度不凡。」

燕國小子最佩服趙國人走路的姿勢，認為他們氣宇軒昂，疾徐有致，他誇口說能夠從一大羣人中認出誰是趙國人，但看他們怎樣走路，便分得清清楚楚。

他終於攢聚了一筆錢，跟父母吵了一場大架，便往趙國的都城邯鄲游學去了。

可惜他的程度實在太低，念了兩個月便知難而退。他又想去打工，可是不熟悉環境，口音又不對，幾份工都做不長。身邊的積蓄愈來愈少，回國是唯一的選擇。

不久，邯鄲街頭，人們經常看到一個穿着本地服式但樣貌像燕國人的少年，用古怪的姿態學本地人走路。

邯鄲人覺得走路十分自然，好像是與生俱來的能力。他們不理解這個少年為什麼學這個簡單的動作也如此困難。但見他伸出了手又忘記了腳，才走幾步已經站立不穩。

這個燕國小子倒也真有耐力，苦學了三個月之後覺得差不多了，那錢囊也已空了，便決定回國。

他乘車進入國都壽陵時，便嘗試展開趙國學回來的步法。可是他動作生硬、姿態古怪，很快引起大街上行人的注意，還有一羣小孩跟在後面嘩笑。

圍觀的人愈來愈多，笑聲愈來愈大，燕國小子終於吃不消了。他想恢復本來走路的姿態，誰知腦海一片空白，竟一步也走不出去。

為了擺脫愈來愈瘋狂的人羣，他索性匍匐在地，四腳爬行地逃回家去。

（故事見戰國莊周《莊子・秋水》）

邯鄲學步

比喻模仿不成，連自己原來懂得的也失去了。

例句：盲目照搬外國那一套，怕的是邯鄲學步，人家的學不成，自己原有的卻弄垮了。

信不信由你——此地無銀

張老大和李阿二是多年鄰居，又一同開店做過生意。雖然後來拆了夥，說到互相的了解，沒有誰能比他們深。可兩人絕不是「知己」，甚至連朋友也不是。因為他們拆夥時吵了一場大架，不但互相用最難聽的說話咒罵，張老大還扯下李阿二一大撮頭髮，李阿二也打掉張老大兩顆門牙。

他們見面也不是不招呼，兩人早上差不多同時出門，就在大門口，張老大會說：「阿二，你今天的氣色很差，當心破財！」李阿二的回答是：「老大，你倒是紅光滿面，我怕你有血光之災！」他們都知道對方迷信，所以故意用說話氣他。也知道對方一定回嘴，不會有好話聽，卻還是忍不住不說。

這幾年張老大的生意似乎不錯，年終結算賺了三百兩銀子。李阿二拆夥後開的新店卻不如理想，虧蝕了一筆，他把這歸咎於張老大霸佔了原有的老招牌和老顧客，又佔了地利。

張老大點算到自己積聚了三百兩銀子之後，起初很是興奮，差不多是一個小富翁啊！可是這天晚上他失眠了，他擔心這些銀子會被人偷去，而最有可能偷他銀子的便是隔壁的李阿二。

輾轉反側的結果，他決定把銀子埋在後園的地下。時方夜半，他掘地的聲音，驚動了隔壁的阿二。

「老大，半夜三更在掘什麼？」阿二的聲音嚇了老大一跳。

「關你屁事！」他慌張地把銀子用泥土蓋好。

張老大回到屋裏之後，愈想愈不放心，便拿出一塊木板寫了七個大字：「此地無銀三百兩」，插在埋藏銀子的地方。

第二天張老大在店鋪收工之後回到家裏，急忙到後園去看。見到那木板仍在，不過在木板的另一面多了七個字：「隔壁阿二不曾偷」。

至於那三百兩銀子還在不在，要請你猜一猜了。

（中國民間故事）

此地無銀

比喻想掩蓋事實，反而更加暴露，也就是欲蓋彌彰。

例句：他作賊心虛，到處説這件事與他無關，其實是此地無銀的表現。

盲目跟風，有樣學樣

——東施效顰

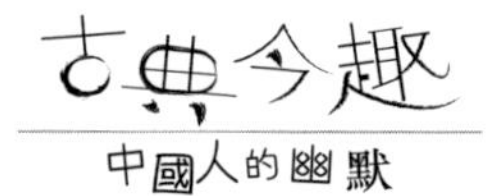

苧蘿村有一條浣紗溪，村裏的姑娘每天都到這裏來浣紗。汩汩的水聲伴着姑娘清脆的笑聲、甜美的歌聲，好一幅美麗的圖景。

這村子幾乎家家都姓施，西村一個叫夷光的女子，有一把長長的秀髮，一對水靈靈的眼睛，兩片自然紅潤的嘴唇，一笑便露出整齊潔白的牙齒，是村中最有名的美人。有人說浣紗溪裏的游魚，都忍不住浮上水面來欣賞她的美貌；但不久又會自慚形穢沉下水底。這當然是誇張形容的說法。但每當夷光來到溪邊浣紗的時候，總有鄰村的青年以種種不同的藉口，逗留在附近的樹下、石畔，大家的眼睛離不開這個美麗的女子。那天她不小心在溪畔一滑，差點掉進水裏，竟有幾十把男子的聲音同時驚呼。

夷光的打扮其實很隨意，有幾天她把長髮盤在頭上，挽成一個大髻，很快村裏的女孩也都把頭髮梳成髻樣。有幾天她見杏花開得燦爛，折下一枝插在鬢旁，但見所有的女孩頭上花枝招展。因為大家覺得夷光的打扮漂亮，吸引眾人的目光，便起了仿效的心。拿現在的話來說：夷光帶引了時裝的潮流。

夷光表面快樂，其實也有許多憂慮。她的國家跟吳國作戰，吃了敗仗，要進貢許多的糧食和絲綢布匹給吳國，百姓都過着緊日子。夷光的家庭並不富有，父親的健康又差，擔心的結果使她患上了胃病，發作的時候，胸口灼熱作痛，一痛起碼一個時辰。

胃痛發作的時候，夷光只能皺着眉頭，兩手放在胃部搓揉，希望減輕痛楚。奇怪的是來往經過的人，見到她這楚楚可憐的樣子，但覺分外動人。背後議論的結果，竟有故意走來觀看的。這時夷光門前總可以見到一些閑人走過來又走過去。

東村有個姓施的女子，早已把西村這位姓施的姐姐視為偶像，學她的打扮，學她的舉動，學她說話的腔調。雖然她沒有胃病，卻也坐在門旁緊皺眉頭，兩手捧心，一副可憐的樣子。可惜她樣貌本來已經不算漂亮，這樣皺眉撅嘴更是難看。大家知道她是在學夷光，都掩着嘴偷笑。

（故事見戰國莊周《莊子．天運》）

東施效顰

諷刺人不顧本身條件一味模仿，以致效果很差。也可用來自謙模仿他人。

例句：剛才李先生的表演十分精彩，我東施效顰向各位獻醜了。

財色功名

財色功名

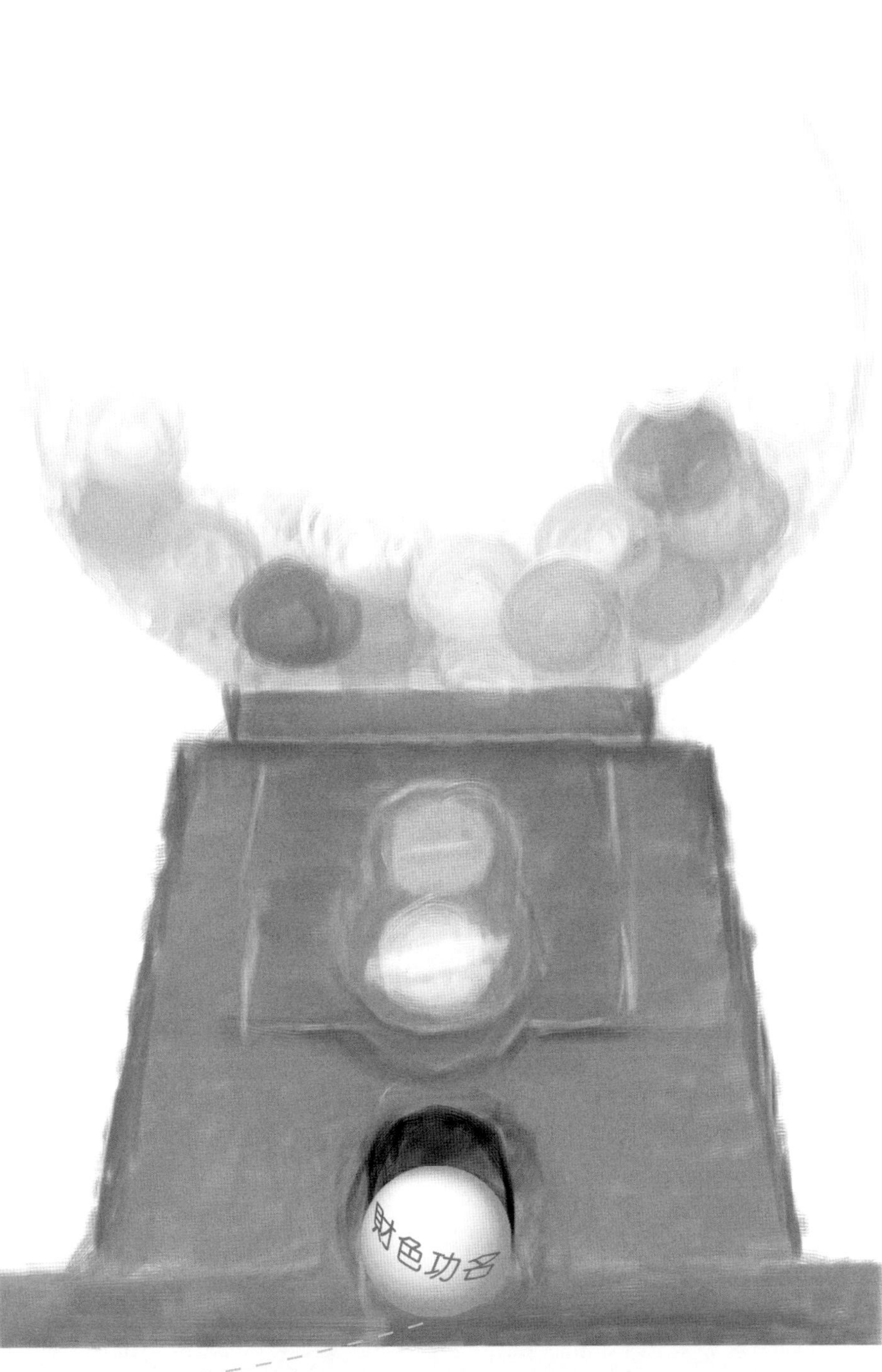
财色功名

誰更好色？

——登徒子

戰國時代，楚國的宋玉能言善道，文章又寫得好，很得楚襄王喜歡，叫他跟隨左右。

另一位叫登徒子（登徒是複姓，子是對男子的通稱）的大夫，心裏妒忌，對宋玉的行為也不欣賞，找機會對楚王說：

「宋玉這個人樣子漂亮，體格又好，油嘴滑舌好口才，更是一個好色之徒。希望大王提防，別讓他出入後宮。」

楚王便把這番話轉問宋玉，看他如何解釋。宋玉說：「我樣貌俊俏，是天生的；口齒伶俐，是老師訓練的；說到好色，我怎麼也算不上！」

楚王說：「你不好色？能不能為自己證明一下？說得有理，我就讓你留在我身邊；說不出來，以後你別跟着我了。」

宋玉說：「大王你聽我說：天下的佳人，沒有及得上楚國的；楚國的美女，沒有及得上我居住的地方的；我所居地附近的美女，沒有及得上我東鄰那個女子的，她高一分就太高，矮一分就太矮；搽粉就太白，搽胭脂就太紅。眉目如畫，肌膚勝雪。小巧的腰身，潔白的牙齒，真是天下絕色。她嫣然一笑，不知迷倒多少人。這女子爬在牆頭上偷看我長達三年，到今天我也不曾答應她什麼。那登徒子就不同，他老婆一頭蓬亂，耳朵彎曲，嘴唇遮不住一副大板牙，走起路來彎腰曲背，又生了癬疥和痔瘡。這樣一個醜女人，登徒子也看得上眼，娶了她生了五個孩子。一個是見美女也不動心的宋玉，一個是只要是女人便喜歡的登徒子，大王你明察，究竟是誰更好色了？」

宋玉說的好像是歪理，卻又好像的確有道理，楚襄王覺得好笑之餘，就讓宋玉繼續留在身邊了。

（故事見宋玉《登徒子好色賦并序》）

登徒子

好色的男人。

例句：像她這樣的美女，當然引起不少登徒子垂涎。

魚與熊掌，可兼得麼？

——東食西宿

這位齊國姑娘，已經到了出嫁的年齡，跟她同齡的女孩子這幾年一個個結婚，其中有兩個連孩子都生了，還擺了滿月酒。不但姑娘的父母着急，姑娘自己也有點心慌了。鎮上未婚的成年小夥子愈來愈少，她怕自己嫁不出去。

姑娘的父母以做壽為名，在家中宴客，其中一席最接近內廳，安排兩位未婚青年坐這張桌子。讓姑娘隔着簾子相一相他們。

這兩個未婚青年，一個住在鎮東，家中富有，有良田百畝，還在城中經營當舖和銀號。一個住在鎮西，家境清貧，父親早死，只留下幾畝薄田，租給旁人耕種，所收田租不夠餬口，青年要在鎮上開個學塾，教幾個小小童蒙，勉強維持生計。

那鎮東富有青年，帶了豐厚的賀禮來赴宴，他穿着華麗，可惜生得獐頭鼠目，一副猥瑣相。

那鎮西的窮教師，只得一份寒酸薄禮，身上那套衣服不但殘舊，而且單薄，秋風中顯得瑟縮。幸而在酒過三巡之後，他再不覺冷，與大家談笑風生。他氣宇軒昂，腹有詩書，不但應對得體，而且語帶機鋒，顯得才智敏銳。反觀鎮東富家子，言語乏味，只會誇耀家世，以富貴驕人。

「女兒，你都看到了。」席散之後，老父對女兒說，「他們一個是富家子，雖然樣子差一點，但你嫁過去之後，衣食豐足，還有廚子、園丁、丫環、老媽子服侍，一世享福。另一個一表人才，長得漂亮，又有學問，可惜是一個窮酸秀才，你嫁過去恐怕要捱飢受寒，還要操持家務，胼手胝足過日子。女兒，我們不想替你出主意，你選誰由你自己決定。我知道你不好意思講出來，一會兒你進房間去，如果你喜歡鎮東青年，便袒露右邊手臂；如果你喜歡鎮西青年，便袒露左邊手臂。」

女兒進房好一會兒，父母正心急時，她終於出來了，卻是兩隻手臂同時袒露。

「你……」父親表示不解。

「我……」女兒不好意思地說：「我想在東家吃飯，在西家住宿。」

（故事見唐歐陽詢等編《藝文類聚》）

東食西宿

比喻貪得之人，所有好處都想佔有。

例句：這人是雙重間諜，偷甲國的情報賣給乙國，又偷乙國的情報賣給甲國，正所謂東食西宿，貪得無厭，身分暴露之後，被兩國追緝。

考試放榜——名落孫山

孫山回家好幾天了，他是趁暮色蒼茫悄悄回家的，幸而沒有碰見什麼熟人。

「喂，你鬼鬼祟祟的做什麼？門也不敲，嚇人一跳！」他老婆說。

「噓！」孫山把手指放在嘴邊，要她噤聲。

「做了什麼見不得人的事了？」

「我是一等良民，怎麼敢！」

「那麼一定是考試又落第了，無面目見江東父老。」老婆說。

「那你又小看我了。」孫山說。

「考取了？」老婆驚喜地放下手上炒菜的鍋鏟。

「可不是嗎！」

「第幾名？」

「第幾名沒有什麼大關係，總之不是前三名。」

「那麼是後三名？」

「差不多。」

「倒數第三？」

搖頭。

「哦，原來考了個包尾！」老婆歎氣。

「是及格之中的包尾，不及格的多得很呢！」

「老陳的兒子小毛中不中？」

「要是他考中，我就不用躲躲閃閃！」

「他考不中關你什麼事？是你累他的麼？」

「這個小毛放榜後不敢回家，因為他父親望子成龍，脾氣又暴躁，他怕考不中會把老頭子氣死。」

「那你躲到幾時？」

「躲得一時是一時。」

也是冤家路窄，孫山第二天到鎮上買東西便碰見了小毛的爹。老人家一把抓住他就問：「小毛考取了沒有？為什麼不見他回來？」

孫山人急智生，吟道：

「解名盡處是孫山，賢郎更在孫山外。」

意思說那金榜的盡頭處有他孫山的名字，令郎更在孫山之外，也就是榜上無名了。老人家一下子會不過意來，孫山一聲：「請呀！」急步而去了。

（故事見宋范公偁《過庭錄》）

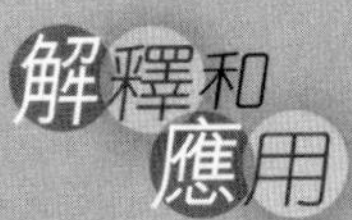

名落孫山

考試失敗的意思。

例句：雖然大學入學試名落孫山，他並不沮喪，想找一份工作，半工半讀，明年再試。

一文錢的故事

——阮囊羞澀

晉朝的阮孚跟朋友遊會稽，這是個遊覽勝地，所謂「山陰道上，應接不暇」就是此處。

凡是遊覽勝地，便有許多消費，吃的、玩的、穿的、收藏的……都要花錢。

阮孚用錢十分謹慎，吃總是挑路邊小吃店，專點那份量大又價廉的東西。在那些攤販擺賣的貨物之中，他最感興趣的是木屐。他不但把它作為藏品，自己還會製造。可是在他長時間品鑑研究之後，才買了一對粗糙古樸的。價錢雖不貴，他也講了半天的價。

朋友說：「阮兄，你可是名人之後啊！令尊阮咸是竹林七賢之一，天下聞名。想不到他有個這麼放不開的兒子，把錢看得那麼大啊！」

阮孚說：「我是名人之後，卻也是窮人之後。那時我們住在一條大街旁，街的兩邊住的都是姓阮的。街北的很富有，街南的很窮，我們住在街南。有一年的七月七日，依習俗在這一天把衣服拿出來曬。街北的阮家拿出來曬的都是綾羅綢緞，上好的料子，上好的手工。你猜我父親拿什麼出來曬？他豎起一根竹竿，掛了一條大大的粗布短褲（阿濃按：即現在所謂「孖煙通」）。人家問他這是做什麼？他說：『未能免俗，人家曬衣服我也曬衣服。』那時父親還是個十來歲的少年，行為就這麼希奇古怪，不同流俗。」

客人說：「原來如此，人家以將門之後為榮，看來你是以窮人之後為榮。」

「哪裏，哪裏！」阮孚說，「你瞧瞧我這個布囊。」

說時他從裏面倒出一文錢來。

「這一文錢，我是一定留着不用的，如果一文錢也沒有，我怕我的布袋會感到羞澀。天下的財富這麼多，裝滿一袋也算不上什麼，一袋的錢是有，一文錢也是有，那差別並不大，你說是不是？」阮孚說。

「這不是莊子的〈齊物論〉麼？」客人說。

「一點不錯！」阮孚哈哈笑着把那一文錢放進袋子裏，小心地拉緊了袋口。

（故事見南朝宋劉義慶《世說新語》及元朝陰時夫《韻府羣玉．七陽》）

阮囊羞澀

手頭拮据，身無錢財。

例句：他生意失敗，阮囊羞澀，要靠借貸度日。

令妻妾蒙羞——齊人

「你倆好好在家裏獃着，我今天又有應酬。新上任的官老爺請客，遍邀地方名流參加，當然少不了我的份兒。如果有好吃的東西，我會帶點回來犒賞犒賞你們。請呀，為夫的這就去了。」這個齊國人對他的妻子和小妾吩咐一番後，搖搖擺擺的去了。

「瞧他的得意樣子！說自己是地方名流，怎不見有什麼像樣一點的朋友來探訪他？」妻子說。

「不過他每天回來，都吃得滿臉油光，還有一陣酒味，好像天天都有宴會。」小妾說。

「你看他那一身破大褂，早穿得油膩膩的，幾年也不見他添置新衣，怎麼有資格結交什麼富貴人家？」

「可是他不是常帶些雞呀、肉呀回來給我們吃嗎？」

「這也奇怪，我倒要跟在他後面，瞧個究竟。」

第二天下午，這個齊國人又說要出外應酬了。他一出門，妻子便悄悄的跟上了他。

但見他蹓蹓逛逛，嘴裏還哼着小調，不緊不慢的走着。路上不見有人跟他打招呼，也沒有跟誰停下來交談。奇怪的是他並不往城裏走，卻向着鄉郊行。

「怎麼樣？你見他到哪裏去了？都見過些什麼人？」小妾問。

「唉，別提了！這個沒出息的傢伙！」妻子說。

「看你氣得臉都白了，你究竟看到什麼？」小妾問。

「我見他走進離此不遠的鄉郊墳場，看到哪一處墳頭有人拜祭先人，他就站在一旁等着，待人家祭祀完畢，他就上前要求人家施捨一些酒菜給他。一家不夠，又到另一家去，有時還遭人惡聲驅趕。我見他這副窮酸可憐相，真的無地自容，連忙逃回家來。原來我們的丈夫竟是一個墳場乞丐，我們將來的日子怎樣過？」

「真的？我們原來是乞丐的老婆！叫我們怎麼見人！」

兩人愈說愈激動，終於抱在一起痛哭起來。

「大老婆、小老婆！」齊人在門外吆着說：「我回來啦！瞧我帶了些什麼好吃的東西給你們！」

（故事見戰國孟軻《孟子・離婁下》）

齊人

本來指齊國人，因《孟子》這個故事指有妻有妾的男人。

例句：他祖父有三個老婆，人家說他享盡齊人之福，他卻說：有苦自己知。

不想把嘴說髒

——阿堵物

「阿蘭，阿菊，到我房間裏來。」

「夫人有什麼吩咐？」

「阿蘭，你拿這根鑰匙，打開牆邊第一個箱子。」

「是，夫人，箱子打開了。」

「你們看到裏面裝的都是什麼嗎？」

「是許許多多的錢。」

「你們把這些錢，拿去鋪在老爺牀前，要鋪得滿滿的，一寸空隙也沒有。」

「知道。」

「你們要輕手輕腳，千萬不要把他吵醒。」

「知道。」

…………

「夫人，老爺牀前已經鋪滿了錢。」

「夫人，老爺睡得很熟，鼻鼾聲好像打雷一樣。」

「好，你們做得好，明天早上看他怎麼辦？來，你們把我今天收到的房租、地租、利息數一數，每一百文串成一串，放進牆邊第三個箱子裏。」

「知道。」

「好，讓我們一塊兒做。」

「夫人，讓我們做就行了，您多休息休息。」

「我就是喜歡數錢，一數錢便精神百倍！不像你們的老爺，一見我數錢就說銅臭。他那雙手，從來不肯拈錢。整天拿着一根玉柄麈拂，揮過來又揮過去。跟那些瘋子、傻子，說些玄之又玄的廢話。」

「夫人，為什麼要把錢鋪滿老爺牀前？」

「這位清高的老爺，現在清高得連個『錢』字也不肯講，他說一講人就俗，又說錢是骯髒東西，他不想把嘴說髒。明天早上他下不了牀，看他講不講！」

一宿無話。

「喂喂喂，是誰把這些骯髒東西鋪在我牀前？我要起牀啦！阿蘭，阿菊，快快！把阿堵物搬走！不要讓我看見，不要讓我聞到它的臭味！快！快！」

（故事見南朝宋劉義慶《世說新語・規箴》）

阿堵物

阿堵，「這個」的意思。阿堵物，這些東西。因為以上故事，後人呼錢為阿堵物。

例句：我們想辦一份雜誌，萬事皆備，只欠阿堵物。

奇人異事
奇人異事

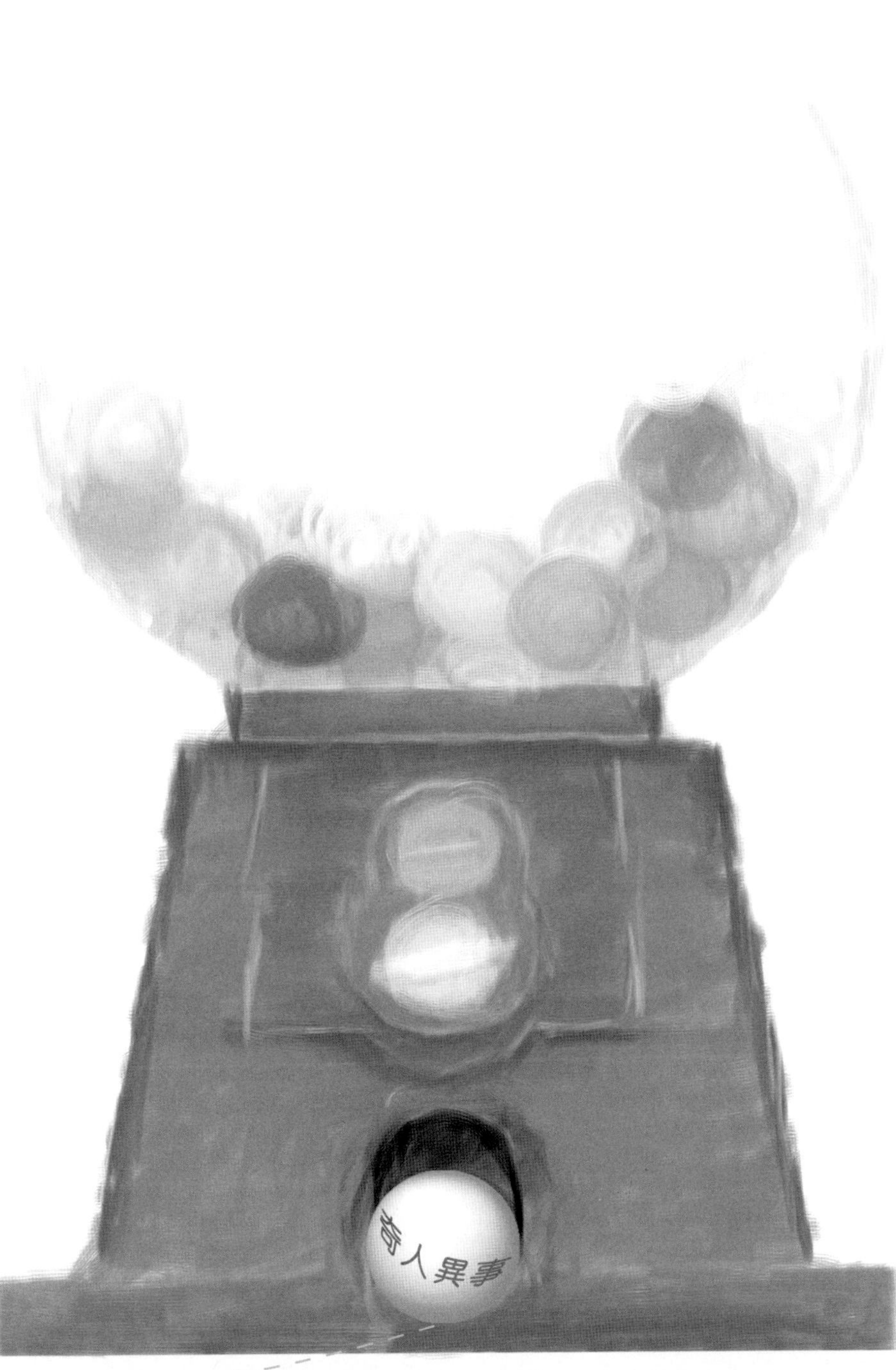
奇人異事

禽畜也成仙

——一人得道，雞犬升天

淮南王劉安這天正在家中看書，近日他對長生不老、煉丹成仙的事很感興趣，看的也是這方面的著作。

忽然有家人來報，說門外有八個鬚眉皆白的老人求見。劉安心想：一定是我學道求仙的事傳了出去，才經常引得一些人上門來吹牛，其實都是騙人的江湖術士。便叫家人打發他們走，說王爺對長生不老之術有興趣，你們個個都這麼老了，又怎能幫到王爺！

誰知家人才把話說完，八個老人把身體滴溜溜一轉，也不知是否用了什麼變臉絕技，八個老人變成唇紅齒白、滿頭青絲的少年，看得家人目瞪口呆，連忙入內報告。到淮南王請他們內進時，他們卻又變回八個老頭子了。

從此淮南王日夜跟這八老研究道術，製藥煉丹。淮南王的父親劉長是得罪皇帝貶謫蜀地死在路途中的，這在劉安心中留下陰影，他的消極遁世或許出於這個原因。雖然如此，卻仍然有小人在漢武帝面前說他的壞話，在某種政治迫害日漸迫近時，淮南王忽然失蹤，連那八位老人家也不知到了哪裏。

不過有家人描繪得活靈活現，說主人和八老終於煉成了仙丹，那天他們一同上山，拜祭了天地，服下仙丹，便白日飛升了。

更有一件奇事，就是他們煉丹的器皿中，盛有一些藥渣，家裏的雞呀狗呀吃了，竟也一同升天去了。家人還聽到從高空的白雲間，傳來雞鳴犬吠的聲音。

當然家中雞和狗的數目有沒有減少，誰也說不清楚。那雞叫犬吠的聲音是從不遠處的村落傳來還是來自天上，更是無法深究了。

（故事見晉葛洪《道藏精華錄・神仙傳》）

一人得道，雞犬升天

一個人得勢，和他有關的人，哪怕無才無德，也一樣升上高位。

例句：自從他做了部長之後，他的舊下屬個個升職，連勤務兵也做了科長。真是一人得道，雞犬升天。

香臭本難分——逐臭之夫

他在海水裏泡了大半天，洗了又洗，自己把身體的各部分聞了又聞。

「還臭嗎？」他不能解答。因為人家說：自己是聞不到自己臭的，有時還覺得好聞。不是有許多人喜歡聞自己腳丫子和腋下的味道麼？

不過他實在受夠了。自從他的體臭愈來愈厲害之後，他的自尊變得愈來愈少。

他已經好久不上茶樓喝茶了，只要他一到，其他茶客便紛紛離座。掌櫃的早已發現他是異味的來源，一見他來便上前說好話，希望他儘快離開。還叫夥計送上幾客點心，請他回家享用。

他的妻子兒女早已搬往他處，不但抵受不了他的臭味，更難抵受的是鄰居的冷眼。附近一家小客店也因為客人聞到臭味不來光顧結束了營業。

他曾經把窗戶打開，希望空氣流通，減少臭味，但臭味隨風四散，據說一里之外也有人因此頭痛作悶。他唯有日日夜夜把窗戶緊閉。奇怪的是他家裏從沒有老鼠出現，大概連牠們也怕了這濃烈的氣味。但白色窗紙卻變成黑色，那是大羣的蒼蠅逐臭而來。

漸漸有小孩跟在他後面丟石子，罵他做「臭人」、「屎殼郎」，有時還有人從樓上倒一盆髒水下來。

終於他決定到海上居住，買了一條破船，準備了一些釣具，希望遠離人羣，江海度餘生。

這天他正在船上做飯，一隻小艇經過，不久又回頭。船上一個老頭子問：「你船上什麼東西這麼香？」

「沒有呀，我正在炒幾根白菜，飯也快熟了。」

「奇怪！」老頭子說「太好聞了！」

第二天老頭子的船又來了，還有兩艘船同來。船上的人泊近他的船，一個個仰首深深呼吸說：「唔，真香！」

從此圍繞他的船愈來愈多，日日夜夜喧嘩爭鬥，希望靠近他多一些，弄得他不勝其煩。

「你們快走吧，我是因為人家嫌我臭才避到海上來，你們難道香臭不分？」

「香也好，臭也好，我們就是喜歡這種味道！」

（故事見秦呂不韋與門客《呂氏春秋．孝行覽．遇合》）

逐臭之夫

比喻嗜好不良事物的人。

例句：這個女子雖然早已聲名狼藉，卻仍有不少逐臭之夫追隨裙下。

朝三暮四

——騙猴子的伎倆

宋國有一個老頭子，對猴子情有獨鍾，家裏養了一大羣。猴子終日無所事事，在樹上爬來爬去，打打鬧鬧，有誰被弄痛了，又吱吱哇哇的怪叫。老頭子對這一切都十分欣賞，每天總要看上好一會兒。還要替牠們清潔籠子，餵東西給牠們吃。因為他對猴子太喜愛了，大家索性不叫他的名字，改叫他猴子老爹。

猴子老爹認為猴子是動物中最聰明的，可以教牠們做一些有趣的動作。在他的訓練下，幾個學習能力高的已經會翻筋斗、行拱手禮、單腳跳、盪鞦韆，引得附近的孩子歡呼拍手。

叫他失望的是即使最聰明的幾隻猴子也不懂數數。他拿一堆石子放在猴子面前，又拿一桶牠們最喜歡吃的橡實在手上。他要猴子用一顆石子換一顆橡實，猴子懂得了。他示意猴子拿兩顆石子換兩顆橡實，但說話加上手勢，猴子還是不明白。牠們只會拿一顆石子在手上吱吱哇哇的要求交換。猴子老爹不給，牠們就發脾氣，拿石子擲老爹。

猴子的生育能力很強，數目一天天增多。猴子老爹為了買猴糧，自己買菜的錢也不夠了，家人當然埋怨多多。看到那些吃得又肥又壯的猴子，老爹想：要節制節制你們的口糧了。

於是他走到籠子旁邊對猴子說：「你們這些貪吃鬼聽着：為了節省糧食，以後你們每天早上吃三顆（他拿三顆橡實給猴子們看），晚上吃四顆（他又拿四顆橡實給猴子們看）。」

猴子們似乎明白了老爹的意思，一個個怪叫抗議，還蹦跳到籠子邊亂跳亂叫。

猴子老爹說：「好、好、好，別吵了！我接受你們的意見，以後早上給你們四顆，晚上給你們三顆，滿意了吧？」

猴子果然歡欣跳躍，表現得十分開心。

「笨猴子，我早知道你們不會計算！」猴子老爹轉身偷笑。

（故事見戰國列禦寇《列子・黃帝》）

朝三暮四

跟出典的故事不同，現在這成語解作變化多端或反覆無常。

例句：這人是個投機分子，朝三暮四，從來不會忠於什麼理想。

靠怪病謀生

——應聲蟲

這天劉伯時來到長汀地方，見墟場上圍着一小圈人在看熱鬧。圈子中間坐着一個漢子正在表演，面前紙板上寫着「腹語」兩個字。

但聞此人一會兒念《詩經》:「關關雎鳩，在河之洲；窈窕淑女，君子好逑。」一會兒背《孟子．梁惠王篇》:「孟子見梁惠王，王曰：『叟，不遠千里而來，亦將有以利吾國乎？』」

他每念一句便頓一頓，那靠得近的可以聽到一把細小的聲音，從他肚子裏發出，重複他剛才所念的。引得一些人拍掌喝彩，往他面前的鉢頭裏丟錢。

「再來一個！」

「唱支小曲好不好？」

那人說：「唱曲也可以，不過要貴客多施捨則個！」隨即聽到那細小的聲音說：「唱曲也可以，不過要貴客們多施捨則個！」大家哄笑之餘，真的往鉢頭裏丟了不少錢。

於是一唱一和，此人咿咿呀呀的唱一句，肚皮裏也咿咿呀呀的跟一句，一曲既罷，引來更多的笑聲和掌聲。

劉伯時待這人結束表演收拾東西時走過去說：「老兄，我想請你喝一杯。」

那人並不推辭，兩人找了一家小茶館坐下。

「這位兄台，請恕在下冒昧。」劉伯時開門見山說，「我看過你剛才的表演，唇不動，身不搖，不像是什麼腹語術。老哥根本是身不由己。這是因為你的肚裏藏着一隻應聲蟲兒，你說一句，它便跟着你說一句。」

那人並不否認，只是沉默不語。劉伯時又說：

「去年我認識一位淮西人士叫楊勔的，他也患了跟老哥一樣的毛病，使他十分困擾。後來遇到一位道士，叫他拿《神農本草經》一味一味藥從頭讀下去。終於讀到『雷丸』時，那蟲兒不應聲了。於是他去藥店買了幾顆雷丸，服下之後，病就好了。老兄不信，大可試說『雷丸』兩字，看它還跟不跟。」

那人依言「雷丸、雷丸」的重複說了幾次，果然不聞肚中應聲。但他的臉色卻又由歡喜變為悲哀苦笑的說：「如今我靠這蟲兒謀生，是我不能沒有了它，不是它不能沒有我啊！」

「是我不能沒有了它，不是它不能沒有我啊！」那人肚皮裏跟着說。

劉伯時跟着聽到兩聲歎息：「唉！」「唉！」

（故事見明馮夢龍《笑史》，亦見唐張鷟《朝野僉載》，宋范政敏《遯齋閒覽》）

應聲蟲

比喻沒有主見隨聲附和的人。

例句：這些人只知附和上級意見，應聲蟲而已。

難得糊塗的相馬術

——牝牡驪黃

伯樂善於相馬，天下知名。但是他年紀愈來愈大了，秦穆公有點擔心，有一天對他說：

「到處搜尋千里馬是一件辛苦的事。先生年紀不小了，我不想你風塵僕僕到處去，你能不能舉薦一位接班人呢？」

伯樂說：「我認識一位叫九方堙的朋友，他是一個樵夫，但他對馬的認識，不在臣之下。」

秦穆公歡喜地說：「可不可以請他來見我？」

九方堙見過秦穆公之後，秦穆公想試試他的本領，便叫他去尋找一匹千里馬回來。價錢不是問題，找到後重重有賞。

九方堙一去就是三個月，秦穆公正在盼望時，曬得又瘦又黑的尋馬人回來了。

「先生辛苦了，找到千里馬嗎？」

「幸不辱命，我在沙丘地方找到一匹。這是一匹野馬，獨自在原野上奔馳。大王要派人去圍捕，憑我一人之力，無法把牠帶回來。」

「這馬是什麼樣子，請先生形容一下，讓我派人去捉牠回來。先生旅途勞頓，請先回去好好休息休息。」

「這是一匹黃色的公馬，神駿非凡，一看便知是匹好馬。」

「好，謝謝先生。」

於是秦穆公派了一隊人去沙丘捉馬，幾天後回來了。那隊長向秦穆公報告說：

「我們找遍了沙丘，只見一匹黑色的母馬，不是九方堙先生所說的黃色公馬。不過我們還是把牠捕捉回來了。」

「真有此事？我倒要問問伯樂，為什麼介紹一個連公母和顏色也分不清的人給本王相馬。」

伯樂奉詔上朝，聽了事情的原委之後，長歎一聲道：「大王，難怪九方堙相馬的本領更勝於我！」

「此話怎講？」

「九方堙看的是馬的精神特質，而不是馬的外表。那些無關重要的地方他可以視而不見，這種相馬的本領是多麼出神入化、難能可貴啊！」

秦穆公將信將疑，叫人把馬帶來，讓一位善於策騎的將士試騎，證實果然是一匹高質素的千里馬。

（故事見漢淮南王劉安等《淮南子．道應訓》。

又在《列子．說符》中九方堙作九方皋）

牝牡驪黃

牝，雌性；牡，雄性；驪，黑色的馬。

「牝牡驪黃」因上述的故事指非本質的表面現象。

例句：我們不要被牝牡驪黃的表面現象分了心，而要捕捉事物的本質。

有勞麻煩製造者

——解鈴還須繫鈴人

每天的早課照例由法眼禪師主持，他總是先檢討和分配寺內工作，然後講經說法，打坐參禪。

「都到齊了嗎？」法眼問。

「只差泰欽還沒有到。」有人回答。

「怕在砍柴、挑水忘了時間吧。」法眼說。

「我見他在樹下睡覺。」又有人說。

「我見他在井旁跟人下棋。」再有人說。

「昨晚是誰敲鐘？比平常遲了半小時。」法眼問。

「是泰欽。」有人說。

「唔，他倒是敲得綿遠悠長，顯示他心無雜念、平和專一啊！」

「今天是誰煮飯？那米有點夾生，是水少放了吧。」法眼問。

「是泰欽。」有人回答。

「夾生正好讓我們細細咀嚼，細嘗箇中真味。」法眼說。

「師傅，您可不可以指給我們看您心臟的位置？」有人問。

法眼指給大家看。

「怪不得，原來師傅的心偏在一旁。」那人嘲諷的口氣清楚不過。

「上天造人，不僅是我，你們的心何嘗不偏？其中定有道理。今天我想問大家一個問題，看誰能答？有一猛虎，性甚兇猛，頸下繫一金鈴，有誰能將之解下？」

眾人皺眉的皺眉，抓頭的抓頭。

這時泰欽施施然從外面進來，向師傅行禮後，在一角坐下。

「泰欽，你倒說說看。」法眼向他覆述了剛才的題目。

泰欽想也不用想，隨口答道：

「解鈴還須繫鈴人，是誰把鈴掛在老虎脖子上的，就讓他去把鈴解下來。」

「善哉！善哉！」法眼說，「你們現在知道為什麼我的心不在中間了。」

（故事見宋惠洪《林間集》）

解鈴還須繫鈴人

比喻由誰引起的麻煩，仍須由誰去解決。

例句：是他氣走了老王，想請老王回來，解鈴還須繫鈴人。

原來如此

原來如此

相見爭如不見｜**葉公好龍**
大奸雄的小騙術｜**望梅止渴**
躲在大隊裏混飯吃｜**濫竽充數**
馬夫比宰相還威風｜**揚揚自得**
這個好，那個也好｜**好好先生**

原來如此

相見爭如不見

——葉公好龍

這是個大雨滂沱的晚上，耀眼的閃電伴着霹靂的雷聲，葉公子高被吵得睡不着，在燭光下看書。

「『飛龍在天，利見大人，何謂也？子曰：同聲相應，同氣相求……』《易經》上這一節說得好，我雖沒有見過真龍，但對龍的高貴氣質、無窮變化一直莫逆於心，自問與龍可以同聲相應、同氣相求，但願此生能有與他相見的機會。」

這時閃電不斷，把室內照耀得如同白晝。可以看到梁、柱、門、窗上都雕着龍的花紋，牆壁上鑲着龍的壁畫，窗幃上是龍的刺繡，牀鋪被褥上是龍的花紋，他穿的衣服上也有龍的圖案。

如果仔細瞧瞧，還可以看到書桌上葉公寫的詩篇，題名為《龍吟集》，壁上掛的是一把龍泉寶劍，牆角倚着一根龍頭杖。

「人說龍能行雲佈雨，今晚烏雲密佈，雨又下得這麼大，龍呀，龍呀，您可願意跟一個死心塌地的崇拜者見面？」

葉公子高自言自語說到這裏，索興走到窗前，向着黑墨墨的天空高聲呼喊：

「龍大哥，小弟在這裏恭候大駕光臨！」

回答他的是一聲極其響亮的霹靂。葉公子高嚇了一跳，從窗前後退幾步，心神有點恍惚不定。

這時忽然全室光亮而且久久不熄，預期一個極大的驚雷即將發生，葉公下意識地閉目掩耳。果然一聲巨響，整個房子都在猛烈震動。他又感覺到一股帶熱氣的腥風撲面而來，睜眼一看，但見一個巨大的動物頭顱從窗外伸進來，頭顱上雙目如電，白牙巉巉，一根血紅的舌頭在張開的大嘴裏伸縮着。

「龍！」葉公子高驚呼一聲，想往外逃，兩條腿軟得邁不開步子來，幾經辛苦才連跌帶爬的躲到樓下的儲物室，躲在雜物底下索索發抖。

直到雨止雷歇，外面完全沒有聲音，他才小心探身出外張望。

「嚇死我了！」葉公子高驚魂未定，偷眼向窗外張望。從此他不再提起這個「龍」字。

（故事見漢劉向《新序・雜事五》。「葉公」的「葉」，舊時讀「攝」。）

葉公好龍

比喻表面上愛好某種事物，其實是一個假象。

例句：他醉心革命，其實是葉公好龍，到革命真的來臨時，他卻逃跑了。

大奸雄的小騙術

——望梅止渴

「死得冤枉、死得不值啊！」

「只怪他沒記住曹丞相的話。曹丞相說在他睡覺的時候不要走近他身邊，因為他會在睡夢中殺人。」

「這叫好心無好報，他怕丞相着涼，幫他蓋被，就這樣把命送掉，留下孤兒寡婦。」

「看來丞相也很難過，吩咐好好厚葬他，還撫恤他的家人。」

「你相信丞相真的是夢中殺人？我看真正做夢的是這位被殺的哥兒，他被人殺了還不知是什麼一回事。」

「你說丞相是故意殺人？他為什麼要這樣做？」

「經此一役，還有人敢在他睡覺時走近他身邊嗎？」

「唔？他真的如此工於心計？」

「我跟隨他多年，見得多了，他最大的本領就是騙人。」

「你被他騙過沒有？」

「誰不被他騙過？幸而我被他騙的只是一件小事。」

「說來聽聽。」

「多年前的事了，一個炎熱的夏天，我們一小隊人在他帶領下行軍，炎陽高照，人人汗如雨下，半途已經把帶在身邊的水喝光。」

「本來以為中途會經過一條小河，有水補充，誰知河水已完全乾涸。失望的結果，口乾的感覺更加強烈，不少人的嘴唇乾燥破裂淌血。」

「曹操他召集大家講話說：我知道大家口渴，前面不遠有一個梅子林，如今正是結果季節，梅子多得吃不完。可惜還沒有全熟，味道甜中帶酸，最能解渴，讓我們向梅林進發！」

「大家一想起又酸又甜的梅子，個個口角生津，加快了腳步。當目的地已近在眼前時，有人問他為什麼不見梅林？他哈哈笑道：目的地已到，要多少水有多少水，還用吃梅子嗎？」

「你說他多會騙人！」

（故事見南朝宋劉義慶《世說新語．假譎》）

望梅止渴

用空想安慰自己。

例句：我沒有經濟能力環遊世界，只能夠看旅遊畫報望梅止渴了。

躲在大隊裏混飯吃

——濫竽充數

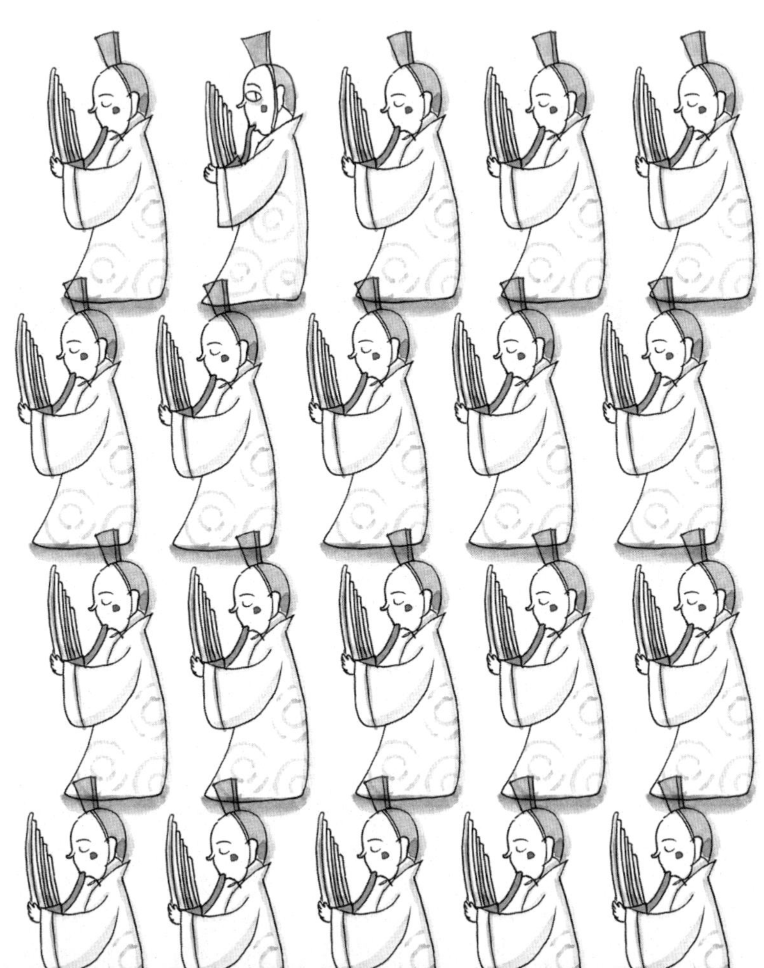

「南郭兄，你看一輪明月映在波心，涼風徐來，如此良夜，怎可沒有音樂？讓愚兄為你吹奏一曲如何？」

「北郭兄有此雅興，小弟自當洗耳恭聽。」

北郭先生從囊中把竽取出，奏了一首《良夜》，樂聲飄過湖面，引得一些魚兒也躍出水面聆聽。一曲既罷，南郭先生鼓掌讚賞。

「南郭兄，獻醜了。我兄可否亦為在下高奏一曲？」

「本當請我兄指教，可惜沒有把竽帶在身邊，抱歉了。」

北郭先生從囊中取出另一枝竽，遞給南郭先生說：「小弟早有準備，我倆合奏一曲，以記此夜之遊。」

「這個……這個……小弟今夜喉部不適，吹奏實有不便……」

「南郭兄，我們同在宣王三百人的吹竽隊中混碗飯吃，我與吾兄算是談得來的，近日我發現吾兄一個秘密。」

「北郭兄，你的意思是──」

北郭先生俯身在南郭先生耳邊說了一句話，南郭先生臉色大變。

「南郭兄不必擔心，這個秘密我不會對別人說。今天約我兄出來，實在是不揣淺陋，想自薦為我兄傳授吹竽的技法，不知我兄可有意否？」

「我兄高義，請受在下一拜。」南郭起身行禮，北郭連忙回禮。兩人再次坐下後，南郭皺着眉頭說：「可惜南郭天資愚魯，在音樂方面尤其低能，自問對於吹竽一道是學不會的了，未能接受我兄美意，實深抱愧。」

不久，喜歡聽合奏的齊宣王死了，湣王即位。他倒沒有解散樂隊，只是不喜歡聽合奏，要樂師一個個單獨吹奏給他聽。

「南郭先生。」當殿上呼喚南郭的名字要他演奏時，下面沒有應聲。

他知道有這樣的改變之後，早一晚亡命他鄉去了。

（故事見戰國韓非《韓非子・內儲說上》）

濫竽充數

比喻沒有真才實學的人，冒充有本領，混在行家裏充數。亦可用作自謙之詞。

例句：他開設了一所補習學校，吹噓師資優良，其實倒有一半是濫竽充數。

馬夫比宰相還威風

——揚揚自得

「我回來了！」一聲響亮的吆喝，齊國宰相晏嬰的馬夫回家了。

「回來就回來唄，瞧你神氣的！」他的妻子給他一個鄙夷的表情。

「怎麼不神氣！我是宰相府人員，天天跟宰相大人在一起，多少官員也沒有這樣的機會。」

「你就是太神氣了，神氣得叫我作嘔，我覺得自己再無法跟你在一起，我要回娘家去了。」

「喂喂喂，你玩什麼把戲？我做錯什麼事了？」

「今天你駕車經過家門前，我看到你和宰相了。」

「有什麼不妥？」

「我看到你高高大大，坐在駟馬大車上，神氣地揮着馬鞭，一副揚揚自得的樣子。可是你是什麼？一個馬夫！有什麼值得驕傲的？反而那晏宰相，雖然個子矮小，卻是朝廷上地位最高的大臣，受到君王重用，而且名聞天下。這且不去說，最難得的是他坐在車上低頭沉思，態度謙恭，一副戒慎戒懼的樣子，哪像你那麼趾高氣揚！男子漢大丈夫，做什麼工作不要緊，最要緊的是有上進心，對自己永遠有要求。像你這樣，做一名馬夫已經自以為了不起，還有什麼出息？我跟隨這樣的男人又有什麼意思？」

第二天，馬夫為晏嬰駕車完畢，晏嬰問他：

「今天你好像跟平時有點不同，發生什麼事了？」

「請問丞相，你覺得我比平時好還是比平時差？」

「駕車的技術一樣，但態度比前謙虛了，穩重了。我很欣賞你的改變。」

「這是我老婆教的。如果我不肯改，她會不要我。」

「難得你有這樣一個有識見的妻子，更難得你從善如流。希望你抽時間多讀點書，將來一定有美好的前途。」

（故事見漢司馬遷《史記．管晏列傳》）

揚揚自得

志得意滿的樣子。

例句：升職之後，他一副揚揚自得的樣子，叫人竊笑。

——好好先生

這個好，那個也好

說到司馬德操這個人，流傳了許多小故事：

有一次同村的人走失了一頭豬，到處找尋。找到司馬德操的豬場，說認得其中一頭豬是他家走失的。

司馬德操說：「好，好，你認為是你家走失的豬，你就領回去吧。」

過了幾天，那人卻把這頭豬送了回來，叩頭道歉說：「對不起，我已尋回了走失的豬，現在把豬還你，還望你恕罪。」

「小意思，倒是麻煩你替我餵了幾天豬，謝謝你哦！」

有一年，正是蠶忙季節，桑葉和養蠶的竹匾都很緊張。有鄰人前來詢問：「司馬先生可有多餘的竹匾借我一用？」

「有，請等一回。」

司馬德操走進蠶房，把自己養的一匾蠶倒掉，將竹匾拿給鄰人。

司馬德操的夫人說：「我們幫助人，是因為別人比我們更有急切的需要。現在大家的需要正相等，為什麼你還要幫人家呢？」

司馬德操回答說：「他從來沒有求過我，這次求我，我就拒絕他，他會很難堪。我不想因為小小的損失令別人難堪。」

司馬德操曾經以擅長識別人之高下知名，卻因此惹了不少是非。終於他決定封嘴。從此有人來詢問：「您覺得張某某如何？」他會說：「好呀。」再問他：「李某某呢？」他又說:「好呀。」「還有陳某某、王某某呢？」「都好呀。」於是人家知道他只是隨便回答，並沒有說真話。

客人走了，他的妻子責怪他說：「人家一番誠意，老遠的跑來問你，還帶了禮物來，你卻一味的敷衍，這個好，那個好，你過意得去嗎？」

司馬德操並不生氣，微笑回答：「夫人，你說的也很好呀！」

（故事見南朝宋劉義慶《世說新語・言語》梁劉孝標註引《司馬徽別傳》）

好好先生

指不問是非曲直，只求一團和氣、相安無事的人。

例句：你找這位好好先生評理，他只會和稀泥，怎會主持公道？

不是兒戲

君臣同做戲｜**捉刀**

深夜一堂課｜**梁上君子**

不想做郵差｜**洪喬之誤**

老爺的名字說不得｜**只許州官放火**

神乎其技｜**運斤成風**

遠方的禮物｜**千里送鵝毛**

不是兒戲

君臣同做戲

——捉刀

三國時代的崔季珪，是魏國的臣子。他長得高高大大，眉清目朗，聲音清亮，還留了一把成尺長的漂亮鬍子，很有威儀。

有一天，魏王曹操忽然召見崔季珪。

「孤召你來，是想你幫我做一件事。」曹操說。

「但憑大王吩咐。」崔季珪回答。

「我這個魏王，想由你來做。」曹操說。

「臣不敢！」嚇得崔季珪跪伏於地。

「起來，起來，我只是想跟你做一齣戲，騙騙匈奴人。」曹操說。

原來匈奴派了使者來見魏王曹操，曹操的雄才大略他們在遠方亦已聽聞，卻沒有見過曹操本人。可惜曹操生得矮小，樣子也不漂亮，他不想給匈奴人見到自己這副形貌，決定讓氣宇軒昂的崔季珪扮作魏王，接見匈奴使者。

接見禮在一處偏廳舉行，也不過是一些公式化的禮節和外交辭令。崔季珪應付裕如，曹操認為毫無破綻，十分滿意。不過他很想聽聽匈奴使者對這個假魏王的印象，便派出一名間諜，前往打聽。

匈奴使者在歸國途中的旅舍中，遇見一位出手豪綽的商人。據說他做的是中原與匈奴間的外貿生意，還會說相當流利的匈奴話。他主動邀請匈奴使者晚宴，還請他嘗嘗上等的美酒。兩人愈談愈投契，這位商人問使者對中原的印象，使者說繁榮昌盛，果然是大國風貌。商人又問他覺得魏王怎樣，使者說：「魏王漂亮儒雅，氣宇不凡。不過手拿大刀，站在他身後的那個漢子，才是更了不起的英雄人物！」

原來這位商人正是曹操派出去打探的諜報人員，他把這番話如實報告了曹操。

那個匈奴使者在出關回國之前，被人暗殺身亡。人們相信是曹操派人做的。

（故事見南朝宋劉義慶《世說新語．容止》）

捉刀

現在我們把代替他人作文章稱為「捉刀」。

例句：他讀書懶散，畢業論文也由別人捉刀。

深夜一堂課——梁上君子

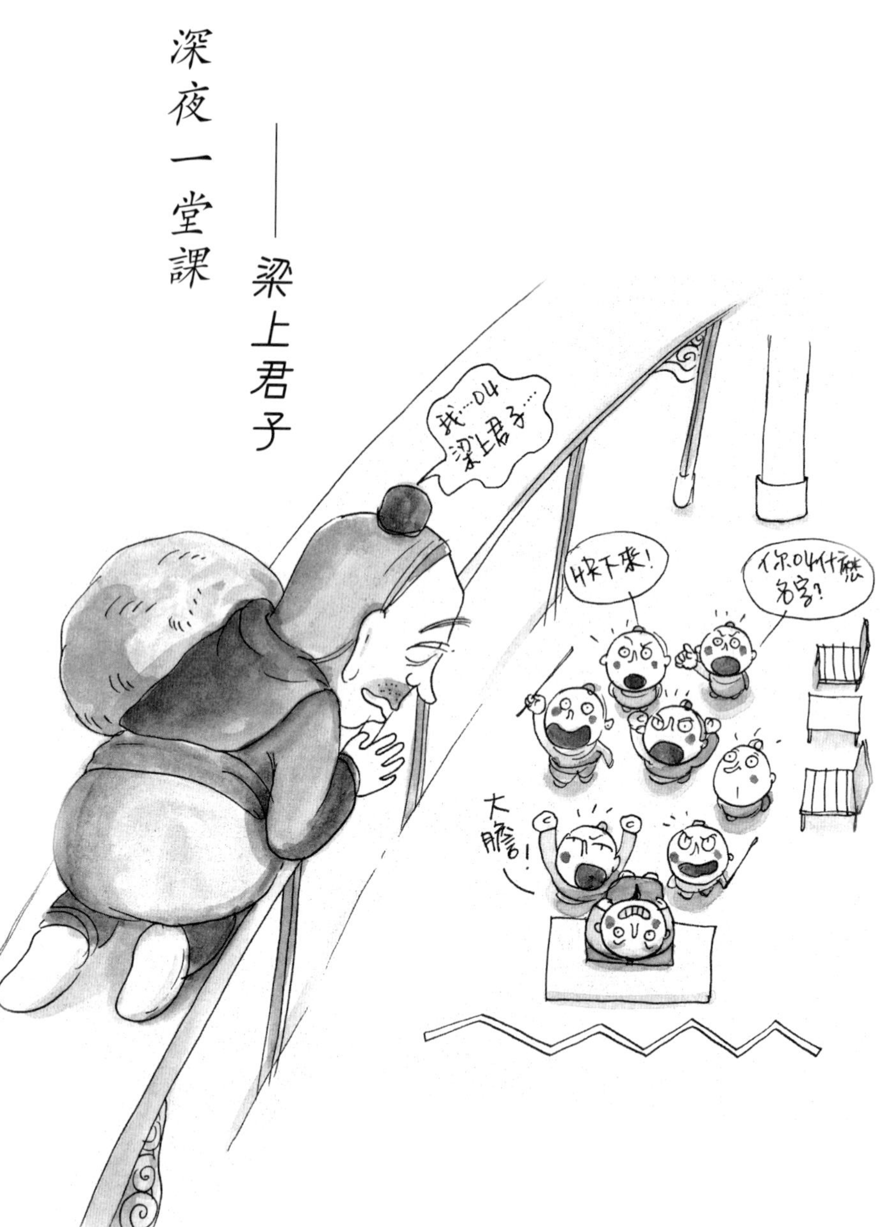

「張大，你去把家中大少爺、二少爺、三少爺和所有的小少爺全都叫出來大廳集合，個個要穿得整整齊齊的。」

「是，老爺。」

張大見陳寔老爺自己也穿得整整齊齊的，又吩咐把大廳的燈都點着了，莊嚴地坐在中間那把紫檀木座椅上，不知有什麼要緊的事發生了，要在這午夜時分，召集全府的男人。

少爺們陸續出來了，見父親這副嚴肅的樣貌，不敢問發生什麼事情，只是靜靜地站立兩旁。小少爺從夢中被喚醒，揉着渴睡的眼睛，也被這氣氛震住了，不敢吱聲。只有最小的兩歲小孫子喚也喚不醒，讓三少爺抱着，繼續熟睡。

「都到齊了嗎？」

「都到齊了。」由大少爺代表大家回答。

「這麼晚我叫大家出來，是有話想對你們講。一個人最重要是立定一個上進的目標，時時刻刻督促自己，努力學習，勤奮工作。社會上許多做壞事的人，並不是天生的壞人。只因為他們懶惰懈怠，不務正業，養成了習慣，無以為生，墮落到做賊做小偷。眼前就有一個例子，好像現在藏身在屋梁上的那位君子便是。」

陳寔說到這裏，大家都向梁上望去，但見一個男子連爬帶跌的從上面掉下來，張大跟其他僕人想上前捉拿他時，他已趴在地上，把頭叩得嘭嘭的響，連聲說：「小人知錯了！小人不敢了！」

「看你樣子，也不是大惡之人。希望你從今以後改過遷善，再不要做這偷盜之事。」

「小人知罪！小人一定改過！」

「好，念你有意悔改，這次你也因為窮困才出此下策，我送你白絹兩匹，你拿去換錢買些吃的吧！」

「多謝老爺！多謝老爺！」

（故事見南朝宋范曄《後漢書．陳寔傳》）

梁上君子

竊賊的代稱。

例句：你把這筆鉅款放在家裏，當心落入梁上君子的手中啊！

不想做郵差

——洪喬之誤

「劉安，你怎麼愈走愈慢？」

「報告殷大人，皆因這個包袱太重。」

「包袱裏都是些什麼東西？」

「大人不記得了？都是人家託大人帶去豫章的書信。」

「哼，我怎會不記得！」

殷洪喬自從被朝廷派往豫章做太守，這個多月來，送行的宴會就不曾停過。

每晚聽到的都是類似的恭維的說話，無聊的打趣，造作的離情別緒，連那些酒菜也大同小異，因此聽厭了也吃厭了。

而每晚快將散席時，主人家往往會拿出一疊信札來，有勞太守大人到任時交給那邊的親朋戚友。領了人家的情當然無從推托。這時候又有其他賓客紛紛拿出預備好的信札，作出同樣的請托。

這樣的請托固然由於交通不便，卻還有其他作用。一則向親友炫耀，告訴他們自己是太守的朋友；二則也讓親友有機會跟地方官拉上關係。對於此點，殷洪喬哪有不明白的？心中不由泛起一陣厭惡。

他想到上任之後，這些收信的人物定會輪流替他接風。恐怕一兩個月內，每晚都是類似的宴席，聽不完的恭維說話，看不盡的虛偽嘴臉，像是一羣織網的蜘蛛，要把自己捕入一個無法擺脫的人際關係網絡裏，今後束手縛腳，再難有什麼作為。

「劉安，前面有一條大河，是什麼地界？」

「稟告大人，前面地名石頭，要不要在此歇歇？」

「正有此意。劉安，放下你的包袱，把它打開。」

「哎呀，大人，您為什麼把這些信都丟進水裏？」

「去吧！去吧！沉者自沉，浮者自浮，我殷洪喬怎可以替那些不相干的人做郵差！」

眼看那些信隨滔滔河水或沉或浮，漸漸消失無蹤……

「好輕鬆啊，哈哈！」

「大人，劉安更輕鬆啊，嘻嘻！」

（故事見南朝宋劉義慶《世說新語・任誕》）

洪喬之誤

書信遞送過程中出現遺失或誤投。

例句：因洪喬之誤，遺失了一封重要信件，他們的生命史因此改寫。

為慶祝上元佳節，
本州依例放火三日。
——只許州官放火
老爺的名字說不得

皇帝的名字說不得，這是大家都知道的。如果你的名字跟皇帝一樣，為了避諱，一定要改，這是古封建時代一種分尊卑的可笑做法，但在當時，避諱視為理所當然。不但皇帝的名要避，連父祖的名字也要避；不但相同的字要避，連同音的字也要避。唐代才子李賀，受到大學者韓愈賞識，鼓勵他去考進士。卻有人說：李賀的父親名晉肅，「晉」與「進」同音，李賀為了避諱，不該去考進士。韓愈為此寫了一篇有名的文章《諱辯》。他說：如果父親名叫晉肅就不可以考進士，那麼父親的名字叫「仁」，兒子就不可以做「人」嗎？

話說有一個叫田登的州官，因為名字是「登」，就不許人提個「登」字，不許說也不許寫。不但「登」字要避，連同音的「燈」字也要「諱」。

於是「登山」只能說「上山」，「點燈」只可說「點火」，不少書記和公差，因為忘記避諱，被陳登重打甚至革職。

民間習俗，每年的正月十五日是上元節，這天晚上稱為元夜，家家點燈慶祝。歐陽修寫的一首有名的詞《生查子》，就是寫元夜觀燈的一段情：

去年元夜時，花市燈如晝。月上柳梢頭，人約黃昏後。

今年元夜時，月與燈依舊。不見去年人，淚濕春衫袖。

陳登管治的這個州當然也依照俗例，放燈三天，讓千家萬戶慶祝一番。這個命令要由書記寫成榜文在市內通衢要道張貼。經過痛打責罰的教訓，書記當然不敢在榜文上寫個「燈」字。於是百姓們見到的告示是：「為慶祝上元佳節，本州依例放火三日。」

從此「只許州官放火，不許百姓點燈。」成為貽笑千古的趣事。

（故事見宋陸游《老學庵筆記卷五》）

只許州官放火，不許百姓點燈

形容統治者或霸權者自己為所欲為，卻對別人諸多限制。

例句：海關嚴禁旅客藴帶私煙，地方官卻大量走私，真是只許州官放火，不許百姓點燈。

——運斤成風
神乎其技

這個楚國郢都來的泥水匠跟木匠阿石是老拍檔了。他們倆都有一手絕活，泥水匠那把刷子，木匠那柄斧子都使用得出神入化。

別的泥水匠開工，穿的是一件佈滿泥水、油漆的工作服，這位泥水匠穿的卻是寬袍大袖的一套黑衣。他講究的是泥水濃度剛剛好，刷上去平滑光亮，很快就乾，絕不拖泥帶水，一滴石灰也不會掉下來。因此他收工時，那套黑衣仍是乾乾淨淨，不會有一小點的石灰。

木匠阿石那把斧子磨得極利，一塊木頭到了他手上，他快如斬瓜切菜，想要什麼形狀就是什麼形狀。連尺子也不用，那長短闊窄大小，完全合乎要求。

這天他們一個刷泥水一個做雕花的窗欞。正幹得高興，一隻蜜蜂從窗外飛了進來，轉了一個圈掉進了泥灰桶。那石灰接近用完，蜜蜂掙扎了一下，從桶中飛了出來。振動翅膀時濺出小小一點石灰，掉在泥水匠的鼻尖上。因為那點石灰很小，在鼻尖上很快便乾了，變成比蟬的翅膀還要薄的一小塊。

木匠指着泥水匠的鼻子笑道：「大師傅這次失手了！」

泥水匠故意皺着眉頭說：「罪不在我啊！」

木匠說：「不得抵賴！」

泥水匠說：「甘願受罰。」

木匠說：「吃我一斧子。」

於是泥水匠含笑站立，木匠掄起斧子，揮動手臂，旋轉成風，隨着他的大喝一聲，斧子向泥水匠迎面砍去。到他放下斧子時，大家看到泥水匠的鼻尖已經乾乾淨淨，而且毫髮無損。泥水匠氣定神閑，連眼睛也沒有眨一下。在場的人看到這精彩的表演，忍不住鼓掌喝采，為木匠的神乎其技，也為泥水匠的鎮定從容。

這個故事為人津津樂道，一直傳到宋國君主耳中，便把那叫阿石的木匠找來說：「你可不可以為本王表演一下？」

木匠阿石說：「這樣的事要兩個人完全配合，可惜我的好拍檔泥水匠已經死去多年了。」

（故事見戰國莊周《莊子．徐無鬼》）

運斤成風

使用斧子技術高妙。

例句：他運斤成風，很快就把這段木頭斬削成一艘獨木舟。

——千里送鵝毛

遠方的禮物

緬伯高是雲南地方的一個小官，奉上司之命，把當地捕獲的一隻品種罕見的鵝進貢大唐天子。

那時交通不便，由雲南往長安，登山涉水，頗費時日。緬伯高要把這隻鵝平安送到，實在是一件艱苦的事。一路上怕牠餓了，又怕牠吃得太飽；怕牠日間受不起日曬，又怕晚間頂不住風寒。

「鵝老爺，鵝大人，你千萬保重，我的身家性命全在你身上啊！」

緬伯高曉行夜宿，餐風飲露，來到陝西沔陽地方，離京城已經不遠，見一片湖水在前，十分清澈。這天天氣炎熱，緬伯高忍不住跳進湖裏洗了個澡，頓覺身心舒暢。

那隻鵝本屬水禽，見到這麼大片湖水，從籠裏伸出長長的脖子，不停高聲鳴叫。

「鵝老爺呀，你定也想到湖裏洗個澡啊！看你路上風塵僕僕，身上還沾了一些糞便，就讓你也沐浴一番吧！」

緬伯高把鵝從籠裏抱出來，鵝兒已迫不及待要奔向水裏，緬伯高把鵝兒往水中一放，牠便振翅潑水，發出愉快高吭的叫聲。並且把頭伸進水中，找尋新鮮吃食。緬伯高見鵝兒這麼快樂，也在水中一面沐浴一面唱歌。到他覺得是時候再起程，要把鵝兒捉回籠裏時，那鵝兒忽然在水面滑翔，漸飛漸高。緬伯高大驚，高呼：「回來！回來！」那鵝兒果然回頭，在他頭上迴旋了一圈，像是在辨認方向，然後愈飛愈遠……

「回來！回來！」緬伯高無望地哀號着，卻見一根羽毛從空中飄飄蕩蕩地掉下來，想必是那鵝兒身上的。

緬伯高把那根羽毛呈上唐天子，作詩一首，交代事情的經過：

將鵝貢唐朝，山高路遠遙，沔陽湖失去，倒地哭號號。

上覆唐天子，可饒緬伯高。禮輕人意重，千里送鵝毛。

（故事見青藤山人《路史》）

千里送鵝毛

比喻情深意重的微小禮物。

例句：他送你一顆長江發源地的鵝卵石，這可是千里送鵝毛，物輕人意重啊！